HEYNE < ORIGINAL

JOHANNA
DRIEST

crazy for Love

Roman

WILHELM HEYNE VERLAG
MÜNCHEN

Umwelthinweis:
Dieses Buch wurde auf
chlor- und säurefreiem Papier gedruckt

Originalausgabe 08/2005

Printed in Germany 2005
Umschlagillustration: Roman Raacke
Umschlaggestaltung: Hauptmann und Kampa
Werbeagentur, München, Zürich
Satz: Pinkuin Satz und Datentechnik, Berlin
Druck und Bindung: GGP Media GmbH, Pößneck

ISBN: 3-453-40115-8
www.heyne.de

Sonntag, 9. Februar

Ich lade gerade Me, Myself and I von Beyoncé runter, als Jeka anruft und fragt, ab wann wir Sex haben dürfen. Sie ist schon länger dreizehn, aber ich bin es erst gestern geworden.

Sie immer: »Ab dreizehn geht es los. Da wirft die Spinne ihr Netz aus und verschlingt das Männchen.«

Und ich: »Wen verschlingst du denn?«

Und sie dann: »Ich warte noch auf dich.« Sie meint damit, dass sie auf mich gewartet hat, bis ich auch dreizehn bin. »Axel?«

Axel? Nein, wirklich nicht. Wir sind Kumpel. Gut, in der Schule umarmt er mich, ich bin das Hauptthema. Auch auf MSN, das ist so 'n Chat-Ding, schickt er mir Küsse und Herzen, aber deswegen steht er nicht gleich auf mich. Eher auf Leona. Mit der seh ich ihn in letzter Zeit häufiger. »Ich finde ihn nett, aber er ist nicht hot. Außerdem kann ich Axel leider nicht verschlingen, da würde mir Leona als Gräte quer im Hals stecken bleiben.«

»Wie müsste er denn aussehen, der Glückliche?«, forscht Jeka.

»Er sollte groß sein, braunes Haar haben, aber nicht zu lieblich, keine weiche Haut. Nicht so vernarbt wie Papa. Er sollte ein Sixpack haben. Er sollte gut Basketball und Fußball spielen, denn all diese Eigenschaften einschließlich eines knackigen Pos besitze ich auch. Er ist gut in der Schule, er mag Physik und hat einen großen Freundeskreis.«

»In welche Klasse sollte er gehen?«, will sie wissen.

»Wir sind in der Siebten. Also in der Neunten. Achte ist auch okay. Er sollte lustig sein, charmant, aber Komplimente nicht verschwenden, auch wenn es manche für eine tolle Erfindung halten. Er sollte sich mit Computern sehr gut auskennen, ein Handy besitzen und bitte schön keine Skaterklamotten tragen. Seine Jeans sind von Levis oder Ralph Lauren, Poloshirt mit Kragen hoch. Keine Uhr, Armband. Puma-Schuhe oder Timberlands. Und bitte nicht zu ernst.«

»Ist das Dennis?«, fragt sie.

Wie kommt sie denn darauf? Nein!

Jeka heißt übrigens mit Nachnamen Chagall. Wie dieser Maler, von dem sie mir erzählt hat. Sie besitzt ein Buch mit seinen Bildern. Wenn das ihr Großvater oder Urgroßvater oder Ururgroßvater ist, wie sie behauptet, dann hängt sie mich mit diesem Wahnsinnseinfall in einem Blumenkorb im Himmel auf. Am spitzen Kinn des Mondes schaukeln mein Traumtyp und ich.

Jeka meint also, bei mir wird *Dennis* angeklickt, wenn sie Traumtyp sagt. Vielleicht ist sie Hellseherin. Vielleicht besitzt sie Kräfte, die wir normalen Kids mit wenig Taschengeld, mit Pickeln auf der Stirn und Zahnspangen nicht haben.

»Nein, Ähnlichkeiten mit lebenden Personen sind

rein zufällig«, sage ich, und Jeka merkt, dass ich im Moment nicht darüber sprechen will. Über ungelegte Eier spricht man nicht, würde meine Omi sagen. »Wie war das jetzt? Ab wann dürfen Mädchen Sex haben?«, lenke ich ab.

Mein Bruder Justin steht in der Tür. Er darf nicht in mein Zimmer, und er darf auch nicht dazwischenreden, wenn ich telefoniere. Aber er tut es. Ich hasse ihn dafür.

»Hey«, grinst er, »gute Frage. Ab wann dürfen Mädchen Sex haben.«

»Hey Schnulli, ab wann darf ein Junge Sex haben?«, fauche ich.

»Ein Mädchen so ab vierzehn, und ein Junge definitiv ab dreizehn«, sagt er und klebt sein Kaugummi an den Türrahmen. Ich bekomme dann wieder Ärger mit Mama.

Jeka ruft aus dem Telefon, ich soll mit *ihr* reden. »Beachte ihn einfach nicht.«

Sie hat Recht. Also erkläre ich ihr: »Ich denke, ein Mädchen sollte Sex haben, wenn sie dazu bereit ist. Aber nicht vor sechzehn. Wenn sie sich dann aber seelisch und körperlich noch nicht bereit fühlt, kann sie natürlich auch später.«

Mein idiotischer Bruder macht HipHop-Bewegungen und singt dabei: »Irgendwann mit sechzig muss sie langsam loslegen. Sonst ist sie körperlich nicht mehr fit genug.«

»Ich finde mit dreizehn«, lacht Jeka.

Mein widerlicher Bruder schneidet Fratzen. »Mit siebzig könnte sie Probleme kriegen, wenn sie noch nicht tot ist.« Ich beachte ihn einfach nicht.

»Und Jungs?«, fragt Jeka.

»Ich würde denken, so ab fünfzehn. Ja. Mit fünfzehn sollten Jungs Sex haben. Sollten sie anfangen mit rammeln.«

Und Justin imitiert mich mit hoher gezierter Stimme: »Wenn sich ein Mädchen bereit fühlt, sollte sie in Erwägung ziehen, Sex zu haben.« Er zeigt mir mit beiden Händen einen Vogel. »Wie bescheuert. Dazu kann ich nix sagen. Das ist einfach nur doof.«

»Dann sag auch bitte nichts dazu, und halte endlich deinen Mund!«

»Okay, ich halte meinen Mund und gehe jetzt rammeln. Bin ja schon fünfzehn.« In der Tür bleibt er noch mal stehen. »Frag bitte Jeka, ob ich gleich rüberrammeln kann.«

»Jeka hat Sex mit dem, den sie liebt. Dich liebt sie nicht, dich findet sie voll bescheuert.« Meine Stimme ist grell vor Wut.

Und er: »Ihr wisst doch gar nicht, was Liebe ist. Ihr seid Hühnerfrikassee.«

»Du weißt es auch nicht. Aber ich werde es nachschlagen, wenn ich wieder bei Papa bin. Er hat den großen Brockhaus.«

»Im großen Brockhaus! So krank möchte ich auch mal sein.«

Jeka hat natürlich alles mitgehört. »Weiß Justin es denn?«, fragt sie.

»Keine Ahnung. Mir total egal.« Ich bin echt gefrustet.

Montag, 10. Februar

Ich habe heute in der Schule als Thema vorgeschlagen: Was ist Sex? Wir haben erst in der nächsten Klasse Sexualkunde, aber solche Dinge anzuregen ist mein Job als Klassensprecherin. Na ja, alle waren erstaunt. Frau Busch meinte, das Thema sei nicht passend und unserem Alter nicht angemessen.

Ich fand das komisch. Aber na ja, Frau Busch. Sie ist ziemlich verklemmt und tut immer sehr erwachsen, ist aber erst 28. Ich habe sie noch nie lächeln sehen. Gerade ihr würde das Thema gut tun. Und dann verstehe ich nicht: Wieso ist das nicht angemessen für unser Alter? Sind wir zu dumm? Die Sache ist doch ganz einfach. Sex ist das Wort für eine ganz natürliche Sache. Das Gegenteil von sexen ist sterben oder aussterben. Auch eine ganz natürliche Sache. Das ist sehr biologisch. Sex heißt der Prozess, wenn Mann sein Sperma in Fraus Ei tut. Ja. Sex heißt der Prozess. Genau.

Und wie das ist? Ganz einfach. In der modernen Welt ... nein, das wollen wir jetzt mal weglassen. Wir schauen jetzt mal, wie die Neandertaler das früher gemacht haben. Homo sapiens sapiens. Die ersten Homos, okay? Da war eine Homo-sapiens-sapiens-Frau, und die hatte noch keine Kinder. Dann, eines Tages, ging ein Homo-sapiens-sapiens-Mann zu ihr hin und wollte mit ihr sexen, weil es biologisch notwendig ist, damit die Menschheit sich fortpflanzt. Reproduziert. Hat sein Dingsdibumsi, das nennt man auch Penis, Schwanz, Pischer, Stöcklein, Nudel (es gibt noch weitere Ausdrücke) in ihre Möse, Muschi,

Vagina, Loch (es gibt noch weitere Ausdrücke) gesteckt. Und dann kommt Sperma raus. Das passiert in diesem Prozess, diesem Rein, Raus von Pimmel in Muschi. Wenn es dann in der Frau ist, läuft das Sperma weiter, und das ist dann wie ein Rennen. Da rennen sie alle um die Wette, aber es kommt nur einer rein, oder zwei, selten drei. Und wenn es Vierlinge sind, vier. Tausende von Spermadingsda paddeln um ihr Leben, und wenn das Rennen vorbei ist, ist die Frau schwanger. Oder nicht. Weil es keiner geschafft hat.

Tante Alexa sagt, die Spermlinge im goldenen Westen werden immer schlapper. Je mehr die Gesellschaft auf die weibliche Seite rückt, umso schlapper wird der Ansturm auf die Frauen, um sie zu befruchten. Sie drückt das irgendwie anders aus. Irgendwie mit Göttlichkeit.

Schwanzlutschen, neunundsechzig, von hinten, im Gleichschritt – all das sollte bekannt sein. Kein Begriff sollte einem fremd sein. Man sollte jeden dreckigen Witz kapieren. Ich habe jedenfalls kein Problem damit, über Sex zu reden. Orgasmus machen, Möse, Nille, Eierkuchen, jeder muss sein Glück versuchen. Wie es eben so ist. Na ja, ich finde … ich weiß nicht. Meine Freundin May würde, erst wenn sie ganz alt ist, einem Jungen einen blasen, Omi Frieda nie, und ich würd's schon früher machen. Vierzehn, fünfzehn. Ja, vierzehn ist okay. Die Frage, die mich eher beschäftigt: Soll ich schlucken oder spucken? Ich habe keine Ahnung, wie ich das Sperma auffangen soll. Es geht ja in verschiedene Richtungen.

Nach der Schule habe ich mich mit Jeka, Sofie, Rosi und May im Pink and Blue Park unter dem Turm verabredet. Dann wollten wir zu den Skatern gehen, aber daraus wurde nichts, weil Sofie und May nicht kamen und Rosi erst viel zu spät.

Also hingen Jeka und ich so rum und haben über allerlei gequatscht und gut abgelacht.

Jeka bringt mich nämlich immer zum Lachen. So wie Justin mich wütend macht, macht sie mich fröhlich. Dabei kenne ich sie noch gar nicht so lange.

Sie ist halbe Russin und wohnte früher in Düsseldorf. Sie hat einen irre strengen Vater. Einmal hat sie für Ewigkeiten Hausarrest bekommen, weil irgendein Freund seine Zigaretten bei ihr vergaß. Ihr Vater glaubte ihr nicht, dass es nicht ihre waren. Er duldet so was nicht. Ein anderes Mal sind ihr sechzig Euro geklaut worden. Ihr Vater war zum Glück auf Geschäftsreise. Ihre Mutter hat ihr dann von ihren Ersparnissen das Geld gegeben, damit der Vater nichts merkt. Weil sie genau weiß, wie er darauf reagieren würde. Sogar die Mutter handelt wie ein Kind, nur um Jekas Arsch vor dem Vater zu retten.

Jeka ist klein, hat braunes langes Haar und so 'ne Lache wie Donald Duck. Sie ist ein bisschen mollig. Ganz süß. Ich finde sie bezaubernd, weil sie eine starke Ausstrahlung hat. Fröhlich und glücklich. Lustig wird es, wenn sie sich aufregt. Schon vorher sieht man in ihrem Gesicht, was kommen wird und wie sie sich gerade fühlt. Sie hat gerne Kontakt zu Menschen. Kontakt beruht auf Gegenseitigkeit, und es gibt Menschen, die geben nichts zurück. Aber wenn ich Jeka frage: »Rufst du mich an?«, dann ruft sie mich garantiert an. Sie ruft mich auch von sich aus an. Sie balanciert das aus. Ich hab sie total lieb, und ich glaub, sie mich auch. Manchmal sagt sie etwas total Bescheuertes, und ich muss lachen, oder ich sag was total Bescheuertes, und sie muss lachen.

Samstags geht sie zu einer Russisch-Schule. Lesen tut sie nicht so gerne, aber sie spielt Klavier. Sie singt im Chor. Ich bin beeindruckt, wie toll sie singt. Sie tanzt, macht Synchronschwimmen und auch 'n bisschen Schauspielschule.

Sie ist dominant und sehr eigenwillig. Ich bin flexibler. Ich kann mich gut an die Gruppe anpassen. Wenn Jeka irgendwo hingeht, dann wollen die anderen da auch gleich hin. Ich renne ihr aber nicht immer hinterher. Wenn Jeka zur Toilette möchte und ich nicht, gehe ich nicht. Außer ich will ihr einen Gefallen tun. Ich kann mich nämlich auch anpassen, aber ich muss nicht. Sie sagt zum Beispiel: »Du kommst jetzt mit mir zur Toilette.«

Und ich: »Nee, hab jetzt keine Lust.«

Und sie so: »Doch Mona, bitte, bitte.«

Ich drauf: »Nein.«

Sie wieder: »Doch, du kommst jetzt mit!« Dann reißt sie mich am Arm, und ich geh halt mit.

Jeka bekommt, was sie will. Mir macht es nichts aus, wenn ich mal etwas nicht kriege. So sind wir verschieden und doch ähnlich.

Ich erzähle ihr, dass Mama will, dass ich meinen Geburtstag am kommenden Sonnabend nachfeiere, weil dann alle aus der Familie Zeit haben und Geschenke bringen. Mama sagt denen vorher, was sie schenken sollen. Ich frage Jeka, ob sie auch kommen will. Sie sagt, okay, gut, und Jeka fragt, wer alles kommt.

»Die aus dem Schmetterlingsgarten«, lache ich. Sie sieht mich an und reißt die Augen auf, was sie immer macht, wenn sie fragen will. Das hat sie aus irgendeinem Film.

»Schmetterlingsgarten, so nennt Omi Frieda die Kindheit«, sage ich zu Jeka. »Omi Frieda ist meine Omi mütterlicherseits, Opi Hans der Vater meiner Mutter. Die Eltern von Papa sind schon länger tot. Capito?«

An ihre Großeltern erinnert sich Jeka nicht mehr. Geschwister hat sie keine.

»Omi und Opi wohnen in Niedersachsen. Opi kocht gut. Und ist hilfsbereit und nett. Früher hatten die beiden ein Restaurant, und daher kann er das echt gut. Omi ist ein bisschen dicklich. Dicklich ist untertrieben, sie ist pummelig. Sie geht jeden Monat zum Friseur, um sich die Haare blond zu färben. Oben blond und hinten dunkel. Sieht cool aus und macht sie jünger. Würde sie sie nicht färben, hätte sie an manchen Stellen graue Flecken und sähe aus wie ein Shetlandpony.«

Und Jeka: »Meinst du, sie würde dann auch wiehern?«

»Vielleicht.« Als wir fertig sind mit Lachen, erzähle ich weiter. »Sie ist 64. Sieht aus wie fünfundfünfzig. Neun Jahre als Geschenk Gottes, sagt sie immer. Sie hat immer eine leichte Bräune und weiche Haut. Vielleicht setzt sie sich heimlich aufs Dach, wenn die

Sonne scheint. Da sehe ich sie oft sitzen, wenn ich an sie denke.«

Jeka so: »Vielleicht fliegt sie tagsüber ein bisschen näher an die Sonne, damit sie nicht so lange auf dem Handtuch liegen muss.«

Und ich: »Sie liegt nicht auf dem Handtuch. Sie ist superordentlich. Handtücher sind zum Abtrocknen da. Wenn sie liegt, liegt sie im Bett oder auf Opi Hans.«

Jeka lacht sich schlapp.

»Opi ist der gute Koch, aber Omi kann gut backen. Am liebsten Käsekuchen oder Apfelkuchen mit Streuseln. Sie leben in einem großen Haus. Das Restaurant ist im Erdgeschoss. Da ist jetzt 'ne Pizzeria drin. Verpachtet, und nun spargeln sie nur noch auf ihrem Acker herum. Omi hängt ein Schild an den Zaun: »Frischer Spargel«. Manchmal halten Autofahrer und kaufen. Sie sagt immer: Spargel – das weiße Gold.«

Omi ist ein bisschen hektisch und ungeduldig, da hat sie Mama einiges vererbt. Wie vererbt man? Man haut der Tochter hin und wieder eine runter. Cool. Justin und mich aber verwöhnt sie. Außer wir helfen Weihnachtskekse backen. Dann meckert sie, dass wir alles falsch machen. Oder nicht schnell genug arbeiten. Schnell genug kommt sie dann mit einem Sprichwort wie: Was Hänschen nicht lernt, lernt Hans nimmermehr, oder mit dem Hut in der Hand. Justin hat einmal zu ihr gesagt, Omi, mit dem Schwanz in der Hand kommst du durchs ganze Land. Da wollte sie ihm eine knallen, aber er ist entwischt.

Opi ist sehr still. Er hat vom Krieg taube Ohren, weil ihm als Kind seine beiden Trommelfelle geplatzt sind, als eine Bombe neben ihm eingeschlagen ist. Omi hat deswegen eine Leuchtklingel einbauen lassen. Immer wenn die Türglocke läutet, leuchtet das Licht, und er sieht, dass jemand vor der Tür steht. Ansonsten hat er gelernt, von den Lippen abzulesen, und beim Fernsehen gibt's Teletext. Die Tagesschau ist sein Highlight. Da darf man ihn nicht ansprechen. Mit Omi muss ich immer Traumschiff gucken oder Volksmusik-Kacke. Die find ich total abartig. Ich muss mir auch immer die Lieder anhören. Deswegen kenn ich Udo Jürgens, Roland Kaiser und Engelbert Humperdinck.

Opi ist körperlich noch fit und kann schneller rennen als ich. Er ist ein Jahr älter als Omi. Ich bin ab und zu am Wochenende dort. Früher hab ich bei ihnen im Bett geschlafen: In der »Besucherritze«. Omi hat zum Einschlafen mit mir gebetet. Wenn sie eingeschlafen war, hat Opi vom Krieg erzählt.

Omi und Opi sind evangelisch. Omi geht gern in die Kirche. Zum »Leutegucken«. Aber auch, weil sie an Gott glaubt. Opi geht nur in die Kirche, wenn Omi ihn zwingt.

Meinen Zweitvater Manfred kennt Jeka auch noch nicht. Die meisten Leute nennen ihn Manni. Justin hat ihn heimlich Money getauft, weil er ständig davon redet, wie teuer das Leben ist. Er will auch keine eigenen Kinder, weil wir schon teuer genug sind, obgleich Papa alles bezahlt.

Manni ist ungefähr so groß wie ich, 1,74, hat helle,

extrem glänzende kurze Haare. Die schneidet er mit einem Rasierer selbst. Er hat blaue Augen und einen stechenden Blick. Einen Ballkopf. Trinkt supergerne Red Bull. Mama will das nicht. Das Zeug ist ungesund und macht fett. Manni zieht sich total konservativ an. Flanellhosen mit Bundfalten und irgendwelche karierten Kurzarmhemden plus meistens Gesundheitsschlappen mit Korksohlen. Im Sommer wie im Winter. Und: Er ist grobmotorisch. Wenn er die Tür aufmacht, ist das schon irgendwie aggressiv. Ganz unabsichtlich. Er ist aggressiv, wenn er Türen oder Dosen öffnet. Oder wenn er putzt. Was Mama ständig verlangt.

Ich erinnere mich, wie ich mal in Mannis Auto mitgefahren bin. Sein Auto ist ’ne Familienkutsche. Ich glaub, es ist ein Opel, aber ich bin mir nicht ganz sicher, und das Ganze in lang und uralt und goldfarben. Und immer Krümel drin. Er sagt, das ist wichtig, daran erkennt man, dass er Familienvater ist. *Unser* Familienvater.

Wir sind an dem Tag zu einer Druckerei gefahren, weil er Einladungskarten drucken lassen wollte. Mama und er wollten »heiraten«. Natürlich konnten sie es nicht wirklich, weil Mama ja mit Papa verheiratet ist, aber sie wollten so tun, als ob. Sie wollten das Vergnügen und das Fest haben. Auf der Autofahrt haben wir uns drüber unterhalten, was Liebe ist. Ich hab ihn gefragt, ob man einem Menschen ein ganzes Leben lang treu sein kann. Dann sagt er, nein, daran glaubt er nicht. Dann sag ich: Wieso nicht? Ich glaub daran. Sagt er: Warum glaubst du daran? Sag ich: Natürlich glaub ich dran, sonst bräuchte man ja nicht zu heiraten. Da meinte er, das sei eine Barbie-und-Ken-Einstellung und würde gut zu mir passen. Hinterwäldlerisch, aber ich käm' ja halt vom Lande. Da müssen alle heiraten, weil sie dann versorgt sind. Das fand ich superunmöglich. Ich hab ihm gesagt, dass er ein Riesendepp ist. Entweder heirate ich aus Liebe, oder ich heirate gar nicht. Dann hat er mich gefragt, ob ich später einen Seitensprung verzeihen könnte. Da hab ich gemeint: Kommt drauf an, aus welchem Grund mein Mann fremdgegangen ist. Meinte er: Ist doch egal, aus welchem Grund. Irgendwann geht man halt mal fremd, weil man Lust drauf hat und weil einem die eigene Frau zu langweilig ist.

Da hab ich gefaucht, das wär das Allerletzte. Wenn einem irgendwas zu blöd wird, tut man irgendwas anderes, wobei einem wurscht ist, ob man den anderen verletzt. So ein Leben ist nicht in Ordnung. Und er: Das sei halt wieder diese Barbie-und-Ken-Einstellung. Sag ich: Hast du Mama schon mal betrogen? Sagt er, ja. Sag ich: und wann? Dann hat er gemeint, da waren sie noch nicht lange zusammen, aber ich sollte meinen Mund darüber halten, sonst würd er meine Katze in den Sack stecken. Er meinte Jazzmin unten aus dem Haus. Ist zwar nicht meine, aber ich füttere sie immer und liebe sie. Das hätte er gemacht, also hab ich meinen Mund gehalten. Der Typ aber war für mich gestorben.

Ja, mein Geburtstag. Die Mutter meines Stiefvaters kommt auch. Sie heißt Waltraud und ist ganz okay. Ihre Haare sind typisch »omagelockt« und total grau.

Früher hatte sie einen Quelle-Laden zusammen mit ihrem Mann Gustav. Jetzt ist sie in Rente. Sie ist sehr aktiv und unternimmt auch immer was mit uns. Mit mir war sie in *König der Löwen*.

Da wir schon dabei sind, erzähle ich Jeka auch von meinem Vater. Er war viel unterwegs, als Schauspieler oder Maler oder Filmeschreiber, und Mama hat gesagt, dass sein Beruf »Trennung« heißt. Vielleicht hätte sie ja lieber einen Mann nehmen sollen, dessen Beruf sich A-R-Z-T buchstabiert, denn ihr Traum war immer ein »Göttergatte«. Die gibt's auf der Erde eben nur in Weiß. Die »Trennung« dauerte sechs Jahre, und dann besuchte uns Manfred zum ersten Mal. Nach seiner ersten langen Rede, dass Geld ihm im Leben am wichtigsten ist, nannte ich ihn Manni, weil er mich beim Reden immer angelächelt hatte; Justin nannte ihn Money, und Mama nannte ihn Schatz. Als Papa mal wieder nach Hause kam, wollte Mama nicht, dass wir von Schatz was sagen. Ich war es dann, die sich verplappert hat. Als Mama mich anschrie, habe ich gemeint, dass es ihr Fehler war. Weil sie zu Papa Schatz gesagt hat und ich: Das ist doch Manni. Ich finde, sie hätte zu ihm Honey sagen sollen, Justin Money und ich Manni, dann wäre nichts schief gegangen. Nach dem Krach reiste Papa wieder ab, sagte aber, er werde sich wegen der Kinder nicht scheiden lassen. Er blieb dann immer öfter in unserem Haus in Ibiza, und als ich das vorletzte Mal hinkam, war Anna da. Seitdem habe ich eine Zweitmutter und einen Zweitvater.

Als wir klein waren und es Manni noch nicht gab,

saß Mama jeden Abend am Bett und las uns *Das Sams* vor. Ich hab sie oft ausgelacht, weil sie die Sätze immer so komisch betont hat, aber ich wusste nie, ob sie das absichtlich machte. Weil sie jeden Abend vorlas, konnte ich sie dann irgendwann so gut nachmachen, dass ich mich später in der Schule immer zum Vorlesen gemeldet hab und alle in der Klasse vor Lachen zusammengebrochen sind. Nachdem ich eingeschlafen war, wanderte sie an Justins Bett und las dort weiter.

Das Sams ist übrigens später vor dem Einschlafen an mein Bett gekommen. Von alleine. Auch wenn Mama nicht mehr vorgelesen hat. Wenn ich geweint habe, hat es mich getröstet und gesagt, es macht alles wieder gut.

»Kann es das?«, will Jeka wissen.

»Ja«, sage ich. »Es ist allmächtig. Na ja, jedenfalls kann es trösten.«

»Und hat es alles wieder gutgemacht?«

»Darauf warte ich noch.«

»Kommt dein leiblicher Vater am Samstag auch?«

»Vielleicht«, antworte ich. »Vielleicht auch nicht.«

Jeka will wissen, ob er streng ist.

»Nein. Er liebt Kinder. Wie Mama. Deswegen haben sie sich gemocht. Aber sie sind zu verschieden. Er ist so alt wie Omi. Papa ist 1939 geboren. Keiner von meinen Leuten weiß, wann das war. Manni sagt, das ist das Jahr gewesen, in dem der größte aller europäischen Kriege begann. Ein Riesenkrieg – der letzte. Aber er weiß es bestimmt nicht genau, schließlich ist er von 1970, und da war alles schon 25 Jahre vorüber. »Nach Adam Riese«, sagt Opi, wenn man richtig gerechnet hat. Wenn ich richtig rechne, ist Opi nur ein Jahr älter als mein Vater – nach Adam Riese. Er spricht nie von Angst. Papa hingegen ist ein Spezialist für Ängste. Er kennt sie alle, weil er sie alle hat. Ich frage ihn manchmal danach, und er behauptet, alle, die aus dem Faschismus kommen, haben sie. Er meint damit, alle, die unter Hitler geboren wurden. Also Opi auch.

Weil er immer Angst hatte, musste er viele Frauen lieben. »Um seine Angst zu betäuben«, sagt Omi Frieda.

Und Papa so: »Ich war in der Studentenbewegung, und da dachte man, wenn sich alle Frauen den Männern hingeben, gibt es keinen Krieg mehr.«

»Der und die Frauen!«, schimpft Omi Frieda dann, weil Papa Mama verlassen hat. (Sie will auf keinen Fall glauben, dass es umgekehrt war.) »Frauen«, sagt sie, »kann man nicht auf die leichte Schulter nehmen. Daher musste sein Leben in einen Strudel geraten, der ihn nicht zur Besinnung kommen ließ, und am Schluss verlor er sein ganzes Vermögen.«

Jetzt lebt er weise in der Stille. »Wenn das Geld weg ist, kommt die Weisheit«, sagt Omi, wenn ich ihr von seinen weisen Einsichten erzähle. »Wenn die Katze nicht im Haus ist, miauen die Mäuse«, sagt sie. Seitdem denke ich immer, er miaut, wenn er mich belehrt. Omi sagt: »Der Weise schweigt.«

Wenn das stimmt, würde niemand erfahren, was Weisheit ist. Ich weiß nämlich, was Weisheit ist. Das japanische Zeichen dafür ist *e*.

Ich finde Papa weise. Oder sagen wir mal: teilweise.

Meine Tante Alexa ist Mamas jüngere Schwester und unterrichtet irgendwo in München. Ich hab sie leider schon ewig nicht mehr gesehen. Das letzte Mal, als ich sie sah, hatte sie dunkelblondes Haar, wie meines – Straßenköterfarbe. Sie schreibt mir manchmal Briefe, aber Mama findet das nicht so toll. Ich hab sogar das Gefühl, Mama wär es lieber, wenn es Tante Alexa überhaupt nicht gäbe. Ich wüsste zu gerne, was da los war, aber aus Mama ist nichts herauszukriegen. Aus Tante Alexa auch nicht. Mama sagt, dass Alexa viel liest, weil sie keinen Freund hat. Mehr hat sie nie von ihr gesagt. Zu unseren Familienfeiern kommt sie nicht.

Dafür reist aber ihr Bruder an, Onkel Jasper. Er ist noch jünger als Tante Alexa. Er studiert zusammen mit seiner Freundin, ist nett, lacht viel, mag die Simpsons und lebt in Charlottenburg.

»Und deine Mutter?«

»Sie hat gefärbte blonde Haare. Eigentlich sind sie dunkelbraun. Aber seit sie blond sind, lacht sie viel. Sie ist Krankenschwester. Vor sechs Jahren hat sie Manni einziehen lassen, und seitdem kommt Papa immer seltener. Sie meckert jede Menge. Immer, wenn eine Kleinigkeit in der Wohnung nicht sauber ist. Sie geht einmal in der Woche mit Manni zu einem Tanzkurs. Da tanzen sie Quickstepp und Tango und Rumba und Walzer und so Sachen. Sie ist 1,66 groß, hat schmale Schultern, dünne Arme, kurze Finger und dicke Brüste. Sie hat mittelmäßige Beine, einen dünnen Oberkörper, eine süße Unterbauchwampe und kleine Füße. Sie bringt mir manchmal was aus der Krankenhauskantine mit, streichelt mich, wenn ich traurig bin, und schützt mich vor der Bestie Justin. Wenn ich Zeit habe, sehen wir zusammen *Die Krankenschwester*. Leider nervt es, wenn sie dazwischenredet und sagt ›Blödsinn‹ oder ›Schön, wenn es so wäre‹ oder ›So 'n Pat hatten wir neulich auch‹. Sie nennt die Patienten immer Pat.«

»Du hast 'ne echt coole Family«, sagt Jeka. Ich wollte sie auch nach ihren Leuten fragen, aber da kam Rosi mit ihrer Louis-Vuitton-Handtasche angeschlendert. Leider zu spät, denn es fing an zu regnen.

Dienstag, 11. Februar

Heute war ein aufregender Tag. Wir hatten in der ersten Stunde Sport, und ich nutzte die Zeit, um meiner Freundin Rosi was zu erzählen, während wir uns umzogen. Rosi ist wunderschön. Schulterlanges blondes Haar, zierlich, perfekter Apfel-Po, dünne lange Beine, superklare Haut, große Augen, volle Lippen und lange Wimpern. Ich hätte gerne die Handtaschen, die sie immer mit sich herumschleppt.

Rosi kenn ich schon seit der Grundschule. Bis vor kurzem hatten wir ein halbes Jahr lang überhaupt keinen Kontakt. Sie war plötzlich total eng mit einem anderen Mädchen befreundet. Inzwischen ist alles wieder okay.

»Rosi, ich find den Dennis so wundervoll. Ganz wonderful. Findest du nicht?«

»Nö.«

Ihre Antwort überrascht mich. »Wieso denn nicht?«

»Weiß nicht. Ist eben nicht mein Fall.«

»Wieso? Er hat die geilsten Klamotten der ganzen Schule.«

»Sofie nennt ihn bloß Milchbubi.«

»Milchbubi? Er hat braune Haare, grüne Augen. Wo ist da der Milchbubi?«

»Ja, was für Haarfarbe und was für Augenfarbe jemand hat, ist Sofie doch wurscht. Sie sagt, er wirkt wie 'n Püppchen.«

»In zwei, drei Jahren wird er ziemlich männlich aussehen.«

»Meinst du?«

»Ja. Und du?«

»Sofie meint, er hat schiefe Zähne.« Sie zieht dabei ihr T-Shirt aus. »Sie sagt, er hat ein saublödes Lachen mit schiefen Hackern im Tableau.«

»Das ist nicht wahr! Er hat Zähne wie auf der Zahnpastareklame. Sofie meint einen ganz anderen Dennis.«

Rosi zuckt mit den Schultern. Warum zitiert sie Sofie? Hat sie keine eigene Meinung?

»Wenn er dich fragen würde, ob du mit ihm ausgehst, würdest du dann nicht Ja sagen?«

»Nee, weiß nicht.« Jetzt steht sie fast nackt vor mir.

»Was gibt's zu überlegen?«

»Er ist so oberflächlich und denkt, alle fressen ihm aus der Hand.«

»Das glaub ich nicht. Er hat doch viele Freunde.«

»Vielleicht kauft er sich die alle.«

»Bist du behindert? Das macht doch nur 'n letzter Mafia-Fuzzi.«

»Immerhin hat er reiche Eltern. Und dann mit seiner Riesenklappe. Und seine Jünger, die da um ihn rumstehen. Sind halt alles Idioten.«

Ich gab es auf. Rosi ist eine nette Freundin, aber was Jungs angeht, ist sie gestört. Vollkommen unnormal. Seit ich sie kenne, hat sie keinen Freund gehabt. Ich lerne dazu: Ich werde nicht mehr mit Rosi über Jungs reden.

Später auf dem Schulhof strahlte die Sonne, und ich sah ihn. Ich war wie gelähmt. Gleich wieder Hitze. Dann Kälte. O Mann. Er lacht, ich seh die Zähne, und boah – sie sind weiß! Seine Haare sind wie flüssige Schokolade, gelockt fallen sie ihm in die Augen, und er muss sie immer wieder mit der Hand nach hinten streichen. Am muskulösen Arm. In seiner Sporthose dieser knackige Po! Mein absoluter Traumtyp.

Mittwoch, 12. Februar

Heute Morgen, als ich aufwachte: D. Als ich mir die Zähne putzte: D. Auf dem Schulhof: D. Mit seiner Truppe.

»Rosi, sag mal, warum bist du nicht begeistert von Dennis?«

»Weiß ich nicht. Ist halt so 'ne Meinung von mir. Ich find einfach, er ist ein Großkotz und fühlt sich wie Gott. Aber du brauchst mir ja nicht zu glauben, wenn du mir nicht vertraust.«

»Ich vertrau dir schon, aber das kann ich dir nicht glauben. Du weißt es doch gar nicht. Du kennst ihn gar nicht.«

»Was ist dein Plan?«

»Ich muss ihn kennen lernen.«

»Warum musst du ihn kennen lernen?«

»Damit ich rausfinden kann, ob du Recht hast.«

»Und wie willst du das anstellen?«

»Keine Ahnung. Ihn fragen, ob er mal mit mir ausgeht.«

»Du willst jetzt da hingehen zu ihm und sagen: Hallo, Dennis, ich bin Mona, wahrscheinlich hast du mich nie wahrgenommen, doch ich würde gern mal mit dir ausgehen.« Rosi lacht wie eine Klapperschlange.

»Ja klar«, sage ich ärgerlich.

»Ein Witz. Nie im Leben wird er mit dir ausgehen.«

»Natürlich.«

»Also ehrlich. Du bist wirklich hübsch und nett, aber der steht auf ganz andere Frauen.«

»Meinst du nicht, dass ich ihn kriegen kann?«

»Nö.«

»Wollen wir wetten?«

»Wir können gerne wetten.« Und dann lacht sie wieder dieses Klapperlachen.

»Ja, okay.«

»Ich wette, wenn du hingehst, ihn nach ’nem Date fragst, lacht er dich aus und schickt dich nach Hause.«

»Und ich wette, dass er sagen wird: Ja klar, wann denn.«

Sie lacht und gibt mir einen Schubs, dass ich gehen soll.

Nun steh ich wie ein Stock. Habe gerade noch mit Rosi lässig diskutiert und mach mir nun vor Angst ins Hemd.

»Mona, hör auf hinzustarren. Mann, das ist ja peinlich«, reißt Rosi mich aus meinen Gedanken. »Gehst du jetzt oder nicht?« Sie stößt mich wieder an.

Ich gehe so selbstbewusst und sexy rüber, wie ich kann, und versuche, ihn dazu zu kriegen, mich anzusehen. Er aber glotzt, als wär ich einer seiner Kumpels. Vielleicht errege ich halt nicht so viel Aufmerksamkeit. Hat manchmal auch seinen Vorteil.

Auf einmal stehe ich vor ihm.

Er locker und lässig: »Kann ich dir helfen?«

Ich ganz verkrampft: »Dennis, du, sag mal, wie geht's dir denn so?«

Meint er: »Also wenn es das ist, was du mich fragen willst, ja, mir geht's ganz gut. Und selbst?«

Ich so: »Was ich eigentlich fragen wollte: Hättest du Lust, mal was mit mir zu unternehmen?« So 'n merkwürdiges Grinsen klebt mir im Gesicht.

Und er total ernst: »Samstag, sieben Uhr? Passt dir das?«

»Ja klar. Super. Samstag, sieben Uhr. Wo denn?«

»Pink and Blue Park. Bei den Skatern.«

»Ja, okay, dann bis dann. Da, wo die Skater rumhängen, also bei der Wiese?«

»Ja, wo denn sonst?«

»Okay. Tschüss.« Ich hab's geschafft! Ich schneckenmäßig ab. Lässig und cool. Kommt vermutlich ein bisschen verkrampft rüber.

Als ich bei Rosi ankomme, löst sich die Spannung. Na ja, geiles Ereignis. Ich muss sagen, das ist ziemlich gut gelaufen. Bei Rosi angekommen, erzähle ich ihr wie 'n Wasserfall. Sie sagt, sie musste die ganze Zeit lachen. Sie hat gelacht, weil ich so peinlich war. Sie sagt, sie konnte an meinen Bewegungen merken, wie es mir ging. Verunsichert, verkrampft, verdüddelt und verdattert. Alles, was ich nicht sein wollte. Wir mussten zurück in die Klasse.

Wir hatten Mathe, und ich hielt die Klappe.

Später erzähle ich Jeka von der Wette. Sie tippt mir mit dem Zeigefinger mehrmals auf die Stirn und sagt: »Komisch.«

»Was?«

»Komisch, dein Traumtyp sieht wie Dennis aus und jetzt diese Wette. Bist du echt in Dennis verliebt?«

Wenn mich jemand ertappt, kann ich nur schwer ruhig bleiben. »Du hast mich gefragt, wie ich mir meinen Traumtyp vorstelle, und *den* habe ich beschrieben. *Du* hast dann behauptet, dass Dennis so ist. Also siehst *du* ihn so. Er ist *dein* Traumtyp. *Du* bist verliebt in Dennis.«

Jeka lacht und fragt mich, ob ich vielleicht gar nicht weiß, was verliebt ist.

Natürlich weiß ich das, denn ich war schon sehr oft verliebt.

Nachts hatte ich einen ziemlich uncoolen Traum. Ich stand im Klassenzimmer an der Tafel und sollte eine Frage beantworten. Ich wusste aber nicht, welche Frage. Ich hatte nichts gehört. Ich wollte die anderen fragen, aber keiner war da. Ich war ganz allein. Plötzlich ging die Tür auf, Dennis steckte seinen Kopf rein und sagte: »Bist du verliebt in mich?« Tür wieder zu, ich total geschockt. Und dann war die Klasse voller Lehrer. Sagt Herr Garcia: »Na, was ist die Antwort?«

»Weißt du, was verliebt ist?«, fragt er. Alle starren mich an, alle warten. Ich wusste es nicht.

Donnerstag, 13. Februar

Der Traum blieb den ganzen Tag wie ein Spinnengewebe in mir hängen. Jedenfalls wusste ich nicht, was verliebt ist. Papa hat den Brockhaus, jeder Band ein Buchstabe. Dafür ist unsere Wohnung in Berlin zu klein. Aber ich kenne einen Buchladen, der gehört so 'nem alten Typ, eigentlich ganz lieb, so ein bisschen gebeugt und riecht nach Tabak. Nach der Schule bin ich hin und habe gefragt, ob ich im Lexikon ein Wort nachschlagen darf. Er wollte wissen, welches Wort, aber das wollte ich nicht sagen. »Welcher Buchstabe?«

»V.«

Gut, er gibt mir V, einen dicken Wälzer, aber verliebt ist da nicht drin. Nur: Verlies. Kerker. Liebe und Kerker? No, thank you. Lieber Licht, Luft, Sonne. Verliebt wie ein Schmetterling.

Liebe. Vielleicht geht L. »L. Haben Sie auch L?«

Ja, hat er. Er ist so dünn, aber er schleppt das dicke Buch her. Denkt wahrscheinlich, es ist so selten, dass die Jugend mal fragt.

»Liebe«, lese ich, »hieß althochdeutsch *liob* und war verwandt mit *Lob*, war auch verwandt mit *lubains,* was gotisch *Hoffnung* hieß.« Lob und Hoffnung? (Sie wird gelobt, liob liob, er darf hoffen lubain lubain. Lustig.) »Es ist der Sammelbegriff einer Vielfalt menschlicher Gefühlsbindungen«, steht da, »denen die rational nur unvollständig begründbare Wertbejahung eines Objektes zugrunde liegt.«

Freitag, 14. Februar

Ich habe ein Problem. Morgen ist die Familienfeier wegen meinem Geburtstag. Um achtzehn Uhr. Und um neunzehn Uhr bin ich mit Dennis verabredet. Okay, meinen Geburtstag knicken. Aber zu der Feier sind schon alle eingeladen. Jeka und Rosi kommen. May und Sofie können leider nicht. Eigentlich hätte ich auch Axel eingeladen, aber der würde bestimmt Leona mitbringen wollen. Omi Frieda findet das vielleicht nicht so prickelnd, dass die so viel rumknutschen.

Mama hat heute den ganzen Tag Dienst, und meine einzige Chance ist, dass sie es okay findet, wenn wir die Feier verschieben.

Freitags ist es meistens so, dass mein Zimmer aussieht, als hätte eine Bombe eingeschlagen. Das muss ich sofort ändern, denn das ist keine gute Voraussetzung für mein Gespräch mit Mama, wenn ich sie umstimmen will.

Als ich heute Morgen ein Auge aufmachte, hab ich das alles ganz klar gesehen. Wenn ich nachmittags nach Hause komme, erst mal alles aufräumen. Erst mein Zimmer, dann die Küche. Und anschließend mach ich Abendessen. Dann kommt Mama nach Hause, und alles wird okay und super sein, sodass sie essen kann und gut gelaunt sein wird. Sie muss Ja sagen, denn wenn sie nicht Ja sagt, kann ich natürlich Dennis nicht sehen.

Also: Mama kommt nach Hause, ich begrüße sie, ich bin liebevoll zu ihr, ich nehme ihr die Jacke ab, alles ist ganz super. Justins Zimmer werde ich auch sauber machen, weil der sich freitags immer gleich nach der Schule zu einem seiner Freunde verpisst. Alles wird blitzblank aussehen. Das Bad werde ich auch noch putzen. Und dann wird meine Mama fröhlich sein und sagen, oh, kein Problem, die Party verschieben wir.

Aber sie kommt nicht. Irgendetwas ist passiert.

22.40 Uhr

Ich kann immer noch nicht einschlafen. Ich liege da und starre an die Decke. Decke wie D! Ich fühle mich ziemlich verlassen und einsam.

Samstag, 15. Februar

Gestern konnte ich nicht einschlafen, dafür hab ich heute bis um elf geschlafen. Mama hat mich geweckt. Sie hatte einen Notfall und musste für eine Kollegin einspringen. Deshalb ist sie erst sehr spät nachts heimgekommen.

Toll! Ich wollte sie doch so perfekt empfangen. Jetzt ist genau das passiert, was ich nicht wollte, nämlich dass sie mich noch um elf im Bett vorfindet. Sie denkt bestimmt, ich war gestern lange weg oder habe die halbe Nacht telefoniert.

Scheiße, alles geht schief.

Mein Zimmer ist auch überhaupt nicht mehr schön aufgeräumt.

Ich beeile mich im Bad. Mama fängt schon mit den Vorbereitungen für die Geburtstagsfeier an.

Wann soll ich sie bloß fragen, ob wir die Feier verschieben können? Sie ist auch nicht gut gelaunt – nein, o nein – kaum bin ich aus dem Bett, da stresst sie schon rum, warum mein Bett noch nicht gemacht ist.

Ich räume schnell auf und helfe dann in der Küche mit, denn ich muss erst mal eine günstige Gelegenheit abwarten. Aber es kommt keine. Jedes Mal, wenn ihr irgendwas nicht passt, der Ballon rot ist, wo er gelb sein soll, oder der Kuchen ein Schokoladenkuchen ist und kein Zitronenkuchen, flippt sie aus. Aber da es meine Party ist, kann ich sie unter Kontrolle halten und sagen: »Nein, ich möchte einen roten Ballon« und »Nein, ich möchte lieber einen Schokoladenkuchen«.

Ist ja auch mein Geburtstag und nicht ihrer. Ich merke gar nicht, wie ich mich dafür einsetze, dass alles so sein soll, wie ich es mir wünsche. Und dass ich dabei sogar Dennis vergesse.

Schließlich ist alles fertig und wundervoll, und Mama und ich sind ein Herz und eine Seele, aber Dennis ist verloren.

Mama und ich verbringen viel Zeit miteinander, wenn sie nicht gerade Dienst hat oder in den Tanzkurs geht oder mit Manni bei Leuten zum Grillen oder auf Schnäppchenjagd ist. Normalerweise, wenn wir zusammen morgens in den Ferien aufstehen, dann macht diejenige von uns, die früher aufgestanden ist, erst mal Tee. Später, wenn die andere nachkommt, frühstücken wir zehn Minuten schön gemütlich zusammen, und wenn Manni und Justin auch da sind, frühstücken sie mit. Dann bleiben Mama und Manni meistens noch länger am Tisch sitzen und schreiben auf, was sie im Großmarkt kaufen wollen. Oder sie vergleichen Angebote wegen des neuen Ikea-Sessels, den Mama will, oder sie rechnen ihre Schulden durch. Manchmal machen Mama und ich ganz laut Musik und tanzen dazu. Wenn wir tanzen, tue ich, als wenn ich Manni wär. Sie tanzt immer so, als ob sie gerade einen Wettbewerb gewinnen will. Auf jeden Fall diskutieren Mama und ich viel über Männer und entscheiden, welche Filmstars gut aussehen oder nicht. Ich mag Johnny Depp. Sie mag mehr solche Typen wie George Clooney. Na ja. Oder den Sänger von Depeche Mode. Ist ja wirklich widerlich. Sie ist dem total verfallen. Na ja, auch egal.

Oft, wenn ich traurig bin, tröstet Mama mich. Sie nimmt mich in den Arm und streichelt meinen Rücken. Das ist schön. Ich fühle mich bei ihr sehr wohl. Außer ich bin wütend auf sie. Sie weiß, wie man sein muss, wenn man eine Mutter ist. Was sie gar nicht weiß, ist, wie man sein muss, wenn man eine Tochter ist. Leider. Da liegt sie voll daneben. Ich hoffe auch, dass Mama weiß, dass ich sie liebe, weil es so wenige Gelegenheiten gibt, dass sie es merken kann. Trotz allem sind Mama und ich ein Herz und eine Seele.

Diese schönen Gedanken brachten mich dazu, ihr von meinem Problem zu erzählen.

Da meinte sie: »Du musst ihm erklären, warum du nicht kommen kannst, sonst ist er enttäuscht. Das willst du doch nicht, oder?«

»Natürlich nicht. Ich möchte auf keinen Fall, dass er enttäuscht ist.«

Mama nickte, räumte das Geschirr in die Spüle und sagte vor sich hin: »Man enttäuscht Menschen nicht.«

Mein Problem ist: Ich weiß zwar, wo er wohnt, aber ich hab seine Handynummer nicht. Und diese Leute stehen nicht im Telefonbuch, ich habe schon nachgeschaut. Da hat Mama eine glänzende Idee. Ich soll Rosi anrufen. Vielleicht ist sie noch nicht auf dem Weg hierher und kann noch bei ihm vorbeigehen.

Ich rufe Rosi an. Der Pink and Blue Park liegt auf ihrem Weg, so kann sie da vorbeigehen und etwas später zu meiner Feier kommen. Um halb acht. Ich lass ihr alle guten Sachen übrig.

Und sie: »Kein Problem.«

Ich: »Das ist superlieb von dir. Danke.« Ich leg auf, bin erleichtert, jetzt ist alles geregelt.

Also, wir sitzen zu Hause. Die Party ist öde. Alles, was passiert, ist dieses ewige Getratsche von Omi, Opi und den anderen. Immer so: »Ja, und wie läuft's denn jetzt mit euch im Geschäft?«, »Was machen die Krankheiten, und wohin soll man reisen?«

Waltraud meint dazu: »Heute gar nicht mehr, man will ja nicht in die Luft gesprengt werden.« Die einzige Möglichkeit, ihnen den Mund zu stopfen, ist mit Essen. Gut, dass so viel Kuchen da ist, obwohl Omi Frieda mal wieder darüber motzt. Mama kann's ihr nie recht machen. Schließlich hält sich Omi schon immer für die ungekrönte Kuchen-Königin.

Auf jeden Fall ist's schon halb acht.

Die Zeit vergeht. Jeka und ich sind grade bei dem Thema Leona und Axel. Wir rätseln, ob die tatsächlich was miteinander haben. Ich werde Axel mal darauf ansprechen.

Dann ist es schon acht, und langsam mach ich mir Sorgen, wo Rosi bleibt. Aber wahrscheinlich hat sie sich nur verspätet, weil sie sich doppelt schminken musste. Jeka und ich sind inzwischen bei dem Thema, wann war unser erster Kuss. Mein erster Kuss war, als ich ... o Gott, das ist ja schon lange her! ... als ich neun war. Da haben wir Flaschendrehen gespielt. Ich hatte noch nie rumgeknutscht. Ich wollte das auch nicht. Die anderen meinten aber, du musst abhauen, wenn du nicht mitspielst. Und dann ich so: Ja, okay. Und dann musste ich einen küssen. Ich fand's richtig abscheulich. Echt das Letzte. (So dachte ich damals. Jetzt natürlich nicht mehr.)

Jeka hat das erste Mal mit zehn geküsst. Beim Flaschendrehen. Das sind alles schlimme Spiele.

Was mich aber viel mehr beschäftigt: Wo zur Hölle bleibt eigentlich Rosi?

Ich glaube kaum, dass Dennis sie entführt hat. Oder irgendjemand anders. Wieso also ruft sie nicht an? Sie hat doch 'n Handy. – Ja okay, vielleicht ist der Akku leer. Vielleicht ist Dennis' Akku auch leer. Vielleicht sind sie auch gar nicht mehr zusammen. Vielleicht ist er schon lange nach Hause gegangen. Vielleicht ist Rosi nach Hause gegangen.

Ich ruf bei ihr zu Hause an. Niemand nimmt ab. Wieso sind ihre Eltern nicht da? Ich ruf bei ihr auf dem Handy an, niemand nimmt ab. Das ist einfach zu frustrierend.

Die Großeltern und die anderen Verwandten rücken Gott sei Dank langsam ab. Die Party ist vorbei.

Sonntag, 16. Februar

Justin und ich haben Brötchen geholt. Das ist sonntags bei uns so 'ne Tradition. Sonntags gleich Brötchen holen.

Wir haben gefrühstückt, gleich danach Zähne geputzt, geduscht, und ich konnte wieder an nichts anderes denken als: Wo war Rosi? Den ganzen Tag hab ich gehofft, dass sie mich anrufen würde. Ich hab beschlossen, mich nicht bei ihr zu melden, wenn sie das nicht für nötig hält. Aber nichts. Kein Anruf. Ich bin wütend.

Montag, 17. Februar

Heute Morgen bin ich erst einmal über Jazzmin, die Katze unten im Haus, gestolpert. Ist das ein schlechtes Zeichen? Ich habe ihr nach der Schule Katzen-Drops mitgebracht, aber sie war nicht zu finden. Ich beschloss, Rosi jetzt doch anzurufen. Sie war heute nicht in der Schule, und Dennis habe ich auch nicht gesehen.

Ich frage sie, wo sie vorgestern war.

»Wie meinst du das?«

»Du bist nicht zu meinem Geburtstag gekommen.«

»Du hast doch gesagt, ich soll zu Dennis gehen und für dich absagen.«

»Ja. Und danach zu mir kommen.«

»Na ja, ich bin zum Pink and Blue Park und hab ihm gesagt, dass du nicht kannst. Er war echt sauer und hat gesagt, er wollte mit dir ins Kino gehen, und hat dann mich gefragt, ob ich mitkomme. Und dann hab ich halt Ja gesagt.«

»Und wieso hast du nicht Nein gesagt?«

»Ich dachte, besser ich gehe mit, als dass er so sauer auf dich ist.«

»Was geht denn mit dir ab? Ich meine, ganz ehrlich, du solltest zu meinem Geburtstag kommen. Außerdem dachte ich, du findest den Dennis so kacke.«

»Ich dachte, sind eh genügend Leute bei dir auf 'm Geburtstag.«

»Falls du es vergessen hast: Wir sind Freundinnen, und von denen erwarte ich, Versprechen zu halten. Was, denkst du, wird Dennis jetzt von mir denken?«

»Das weiß ich nicht.«

»Genau.«

»Was soll er denn von dir denken? Dass du nicht konntest. Das hab ich ihm gesagt. Und dann bin ich ja eingesprungen für dich.«

»Eingesprungen. Was war das denn für ein Film?«

»Herr der Ringe.«

Na super. Herr der Ringe. Ausgerechnet der Film, den ich so liebe. Ich hätte auch gern mit Dennis in dieser Vorstellung gesessen. Händchen haltend oder in seinem Arm. Bei den spannenden Szenen hätte ich mich an ihn gekuschelt. So eine falsche Schlange. Das kann ich mir jetzt abschminken. Genauso wie die ganze Scheißwette.

Und dann hat sie aufgelegt.

Den Rest des Tages konnt ich nur vergammeln. Ich hab mehr oder weniger die Zeit damit verbracht, Musik zu hören, 'n bisschen zu lesen und zwischendrin Folgendes zu essen: ein Brötchen mit Butter und Nutella, einen Müslibecher, eine Tafel Milka-Schokolade Haselnuss, ein Sandwich mit Salat und Käse und Mirakel Whip und Senf und geräuchertem Truthahn, Häagen-Dazs Belgian Chocolate und acht Zahor-Surlicho-Pralinen. Oder neun.

Endlich sah ich ihn wieder. Im Flur vor meiner Klasse, Axel knallte mit einem Tennisball herum. Er sah mich an. Dann sauste Axels Tennisball durch die Luft und traf ihn an der Stirn. Erschrocken hielt ich die Luft an, aber sogar mit geschlossenen Augen schaute er mich an. Das war eine grelle Vision: Sein Körper verwandelte sich in Strahlen, die den Flur erleuchteten.

Irgendjemand gab mir einen Schubs und zog mich in die Klasse.

»Der geht in die Achte, das hast du wohl vergessen«, zischte Bruce neben mir. O Gott. »Die Jungs in deiner Klasse sind hundert Pro besser als die schwulen Bestien aus der Achten.«

O Gott, er ist so dumm. »Du frisst schon wieder Mars, Bruce. Und stinkst.«

Er ist nicht gerade das, was ich *die Jungs* in meiner Klasse nennen würde, obwohl ich mit ihm schon seit der ersten Klasse zusammen bin. Er ist blond, fett und isst so unheimlich viel, dass einem ganz schlecht wird.

Englisch. Ich habe keine einzige Vokabel gelernt. Jeder merkt es, und Axel zwinkert mir zu. Echt witzig, aber hilft mir auch nicht.

Axel war übrigens früher in Dennis' Klasse. Im letzten Jahr ist er sitzen geblieben und nun in meiner Klasse. Sie sind aber immer noch befreundet. Er ist sozusagen meine unauffällige Verbindung zu Dennis. Er trägt meistens schwarze Jeans und schwarze langärmelige T-Shirts. Schwarze Jacken. Schwarze

Schals. Im Winter wie im Sommer. Kein Wunder, dass er immer so viel schwitzt. Jedes Mal, wenn ich seine Hand anfasse, ist sie nass. Kann ich gleich wieder ins Badezimmer und sie waschen. Everyday is Waschtag mit Axel.

Er hat braunes Haar, ist blass, ziemlich groß und durchtrainiert. Er ist freundlich und respektiert Mädchen, aber überhaupt nicht mein Typ. Sein Aussehen ist halt nicht so prall, um's mal auf den Punkt zu bringen. Schlimm ist sein Haar. Es steht an den Seiten ab und klebt vorne an der Stirn. Absolut nicht sexy. Ich weiß nicht, ob ich ihn jemals mit einem Mädchen außer der Schlampe Leona gesehen habe. Er erzählt immer, er habe eine Freundin auf Mallorca gehabt, aber ich weiß nicht, ob ich ihm glauben soll. Seine Ansicht über Mädchen ist die, dass sie nur natürlich schön aussehen. Was sagt Tuschkasten Leona dazu?

Er fragt mich neulich doch tatsächlich: »Wieso schminkst du dich eigentlich, Mona?«

Dann ich: »Du Volldepp. Damit ich schön aussehe. Wir Mädchen wollen nicht rumlaufen wie Waschlappen.«

Und er dann: »Ja, ja, kann schon sein, aber wieso finde ich dich *natürlich* viel hübscher als so aufgemotzt?«

»Ja, Axel, das hab ich mich auch gerade gefragt. Meine Antwort: Keine Ahnung. Vielleicht gehörst du in die Klapse. Aber was ist dein Problem? Jedes Mädchen schminkt sich.«

»Wieso kann eine Frau nicht so leben, wie sie ist? Besonders, wo du sowieso schön bist. Also, ich verstehe euch alle nicht.«

»Ach, Axel, lass mich jetzt in Ruh mit deinem Scheiß.« Vielleicht hat er Recht. Unlackiert sieht man anders aus, klaro. Womöglich echter. Zeigt sich der Charakter besser, wenn man ungeschminkt ist? Ich schmink mich trotzdem.

Gerry geht auch in meine Klasse. Wir sind relativ gut befreundet, weil ich mit ihm easy reden kann. Er ist nicht grad der Verständnisvollste, wenn's um Frauenprobleme geht. Aber sonst total cool. Ich kenn ihn jetzt seit der ersten Klasse. Wir sind praktisch miteinander aufgewachsen. Wie Bruder und Schwester, außer dass wir nett zueinander sind. Er ist so freestylermäßig drauf, spielt Basketball. Und ist total beliebt. Kaum vorstellbar, dass einer sagt: Nee, ich mag ihn nicht. Eine Freundin hat er trotzdem nicht, obwohl wir immer sagen, Gerry, geh doch mal mit der oder mit der. Aber er immer so: Na ja, ich weiß nicht. Und eigentlich könnte er so richtig viele Mädchen kriegen, weil er seinen Charme supergut ausspielen kann.

Wen gibt's noch? Genau, Yellow ist der Witzbold in unserer Klasse. Er ist total der Clown. Ein Arschloch, wenn er mit anderen Jungs zusammen ist, aber wenn man allein mit ihm redet, ist er lustig und lieb. Aber halt auch so 'n bisschen unterentwickelt. Noch wie 'n Elfjähriger, obwohl er vierzehn ist.

Und dann noch George. Wir sind uns im letzten Jahr auf einem Ausflug näher gekommen. Da war er sehr nett zu mir. Ich war das einzige Mädchen aus unserer Klasse, und die ganzen Achtklässler-Jungs meinten so: »Mona, verschwinde, hier sitzen wir.« Ich durfte mich nicht zu den Jungs setzen. Die ganze

Aufmerksamkeit war auf mich gerichtet. Achtung Gefahr, eine Siebtklässlerin will hinten sitzen! Die haben mich echt fies angemacht. George ist aufgestanden und hat sich vor mich gestellt. Todesmutig. Echt.

Der Klassenunterschied ist halt ein Problem. Die Klassen in unserer Schule sind wie Kasten. Es gibt immer Leute, die uns fühlen lassen, dass wir Siebtklässler es nicht wert sind, mit den Achtklässlern rumzuhängen. Daher sagen manche Siebtklässler, die Achtklässler sind alle bescheuert. Das hat George auch gesagt. Das machte die Busreise ziemlich problematisch.

Später waren wir gut befreundet. Das sind wir immer noch. Aber ich wollte nicht mit ihm zusammenkommen. Ich weiß nicht ... George hat 'n Sixpack. Er sieht unheimlich gut aus. Er ist total maskulin. Er hat braunes Haar. Und er ist superheiß. Ja, manchmal möchte ich mich selbst dafür ohrfeigen, dass ich nicht mit ihm zusammengekommen bin. Aber der Punkt ist, dass er gleich auf sexuelle Sachen aus ist. Da will ich mich zurückhalten, das steht fest. Mich bläst nicht der erste beste Haribo-Wind um, no, no.

Er ist seit ein paar Wochen mit meiner Freundin May zusammen. Ich freu mich, dass er eine gefunden hat, mit der man nicht Schluss macht, nur weil sie nicht gleich mit einem in die Kiste steigt. Er scheint sie richtig gern zu haben.

May erinnert mich an die Farbe Schwarz. Ihr Vater ist Holländer, ihre Mutter Japanerin. Sie spricht Holländisch, Englisch, Deutsch und Japanisch. Jetzt lernt sie Französisch. Sie kann herrlich singen und sieht wunderschön aus. Sie ist etwas kleiner als ich, hat aber einen größeren Busen. Sie hat schmale Schultern, eine Wespentaille. Dann ihre Hüften. Sie sind nicht riesig, aber stehen ein bisschen heraus. Sie hat einen flachen Bauch, immer eine leichte Bräune, langes schwarzes Haar. So sieht für mich eine perfekte Frau aus. Sie macht ziemlich intelligente Witze, ist aber keine besonders lustige oder heitere Person wie Jeka. Sie kann die Menschen wunderbar beschreiben. Sie beobachtet Situationen genau. Wenn ich an May denke, denke ich an Tränen.

Mittwoch, 19. Februar

Ich habe einen totalen Himmel mit den Jungs. Sie nehmen einen großen Teil meines Lebens ein. Es ist so. Es ist halt menschlich, es ist das Naturgesetz. Mit zwölf, das war mehr Rumknutschen. Jetzt bin ich dreizehn und natürlich erfahrener.

Aber mit zu viel Erfahrung kann auch mal etwas schief laufen. Zum Beispiel, dass ich Mama zu viel erzähle. Hey, wir sind gute Freundinnen, sehr erfahren, wir erzählen uns alles. Also Vorsicht. Mit Papa geht das. Obwohl er mich dann belehrt. Fühlt man sich auch nicht ernst genommen. Mama will nicht, dass ich einen Freund habe. Sie will nicht, dass ich mich mit Jungs treffe. Ich glaube, sie beschützt mich gerne. Ist ja auch okay, weil mein Beschluss lautet: Mit dreizehn bleibe ich standhaft bei meiner Unschuld. Natürlich habe ich einige gefährliche Gegner in diesem Spiel. Ich weiß das. In zwei Jahren bin ich fünfzehn, und dann wird es ein richtiges Problem, weil alle meine Jungs meistens zwei, drei Jahre älter sind. Die wollen dann nicht mehr auf Sex verzichten, aber ich will nicht mit einem Jungen Sex haben, nur um ihn zu behalten. Auch mit fünfzehn nicht. Jungs kommen mit einem Mädchen zusammen, damit sie Sex bekommen. Woran sollen sie in dem Alter sonst denken. Liebe? Ich glaube es kaum. Und Mama glaubt's auch nicht. Sie sagt, man kann genug Sex haben, wenn man achtzehn ist. Also warum früher anfangen? Mama sagt auch, das erste Mal ist nicht so besonders.

Montag, 24. Februar

Den Rest der letzten Woche war ich mit meinem Leichtathletik-Team auf einer Art Trainingslager. (In unserer Schule wird Sport groß geschrieben.) Jetzt interessierte mich natürlich brennend, was mit Rosi und Dennis ist.

Ich habe schon die ganze Zeit überlegt, ob die jetzt vielleicht zusammen sind, vielleicht schon verheiratet, schon Kinder haben, so etwa die Richtung. Oder haben sie sich noch gar nicht geküsst? Sind sie nicht mehr ausgegangen? Oder doch? All diese Fragen plagen mich wie aggressive Pickel. Ach, eigentlich alles Quatsch. Ich bin mir sicher, dass zwischen den beiden nix läuft.

Ich in der Schule gleich hin zu Rosi. Natürlich frage ich sie erst mal so: »Ja, wie geht's dir denn?« Ich frag sie, welche Fächer wir haben. Wir haben wie immer Musik, ich frag sie trotzdem. Sie war aber abweisend, wich mir mehr und mehr aus. Das gab mir schon so eine kleine Ahnung, dass zwischen ihr und Dennis was anderes gelaufen ist als nur mal – egal. Wir gehen zusammen zu Musik, und ich hab 'ne Minute mit ihr alleine. »Du Rosi, was ist denn eigentlich jetzt zwischen dir und Dennis so los? Habt ihr euch in der Woche, in der ich weg war, noch mal gesehen?«

»Äääh, ja, ja, aber nicht oft. Ein paar Mal. Ja, Dienstagabend hab ich ihn noch gesehen, und ich glaub, dann Mittwochabend, Donnerstag und am Freitag. Und den Samstag haben wir aber nur teilweise zusammen verbracht. Dann wollte er zu so 'ner Party gehen. Ich musste leider nach Hause.«

Schock. So oft haben sie sich gesehen? Und sie hat mir nichts erzählt? Tolle Freundin. Meine Omi würde sagen: Wer solche Freunde hat, braucht keine Feinde. Meine nächste Frage ganz direkt und auch ein bisschen laut: »Seid ihr zusammen?«

Sie meinte dann so: »Ja, mhm. Ich glaub schon. Also, manche kommen zu mir und fragen, ob wir zusammen sind. Meistens sag ich dann Ja.«

»Und wie weit seid ihr gegangen?«

Und sie seelenruhig: »Ja, zuerst haben wir uns immer im Pink and Blue Park getroffen, später sind wir auch nach Mitte und einmal – am Freitag, glaub ich – sind wir abends ausgegangen. Ja. Aber am Donnerstag bin ich zu ihm.«

»Wie weit seid ihr gegangen?« Wir waren vor dem Musikraum angelangt.

»Ja, ähm, wir haben jetzt Musik.« Und schwups war sie weg.

Da war's für mich klar. Sie waren zusammen. Meine eigene Freundin hatte mir so was angetan. Wie konnte sie nur? Ich fühlte mich hintergangen. O nein: Ich *wurde* hintergangen. Und was war überhaupt mit der Wette?

Da kommt schon unser Scheißlehrer und bittet sie ans Klavier. Sie soll vorspielen. Sie spielt, und irgendwie bin ich die ganze Zeit über noch völlig geschockt.

Donnerstag, 6. März

Das Wetter in Berlin ist schon warm. Es gibt die ersten Frühlingspflanzen. Und Frühlingsgedanken. In drei, vier Tagen werden die Temperaturen aber wieder sinken. Schade. Wer sitzt schon gerne im Gefrierfach?

Samstag, 8. März

Leider gibt's momentan keine Jungs in meinem Leben.

Außer meinem Bruder.

Wenn er schläft, ist er richtig niedlich. Deswegen

schaue ich manchmal in sein Zimmer, wenn ich spät nach Hause komme. Leise öffne ich die Tür. Es ist dunkel, er hat die Gardinen vorgezogen. Von draußen scheint kein Mond herein, der Himmel voller Wolken. Er schläft gut, mein Bruder. Immer hat er leichte Kopfschmerzen, wenn er sich vor irgendetwas drücken will. Immer ist er blond, schön und lässig. Er liegt gerade da, ausgestreckt, auf der Seite, das Gesicht mir zugewandt, der Kopf gut gestützt vom Kissen. Eingehüllt in seinen süßen Atem.

Liegt er manchmal hier und weint? Sind das vielleicht die Momente, in denen er sein Zimmer absperrt? Niemand würde etwas davon wissen.

Mittwoch, 12. März

Wir dachten, es würde Frühling werden, aber seit gestern schneit es wieder. Es ist Winter, ich fühle mich ganz alt. Ich stehe an einer Bushaltestelle, und es beginnt wieder zu schneien. Erst nur ein paar Flocken. Dann mehr und mehr, die Luft färbt sich grau. Zwischen die Flocken schiebt sich ein Milchnebel, und die Flocken fallen immer dichter. Ob der Bus kommt, kann ich nicht erkennen. Schneeflocken hängen in meinen Wimpern. Sie schmelzen. Schneetränen rinnen über meine Wangen.

Ich weine all diesen Schnee und mir ist, als hätte ich mein Leben versäumt. Während die anderen sich ausziehen und sich gegenseitig mit heißen Küssen verschlingen (Rosi und Dennis!), sitze ich vor schneeweißen Blättern und schreibe auf, was die anderen schon mit elf oder zwölf erlebten oder was ich hätte erleben sollen.

Papa schreibt übrigens auch. Für ihn ist es eine moralische Sache. Am liebsten klärt er auf. Seine Kinder jedenfalls. Dauernd.

Niemand von meinen Freunden liest, die Jungs schon gar nicht. May hat es einmal versucht. Es ist zu langsam, sagt sie. Nach zwölf Minuten hatte ihr Handy dreizehn Mal »Üb immer Treu und Redlichkeit« gespielt. Ihr Vater hatte ihr die Melodie eingestellt. Vielleicht, damit sie treu und redlich endlich mal ein Buch liest.

May erzählte diese Sache in der Schule, und der Mathelehrer wollte wissen, wie viel Minuten zwischen jedem Anruf lagen. Und May: »Das war verschieden.« (Sie hat doch nicht dauernd auf die Uhr gesehen.)

Und er: »Im Durchschnitt.«

Und sie: »Im Durchschnitt jede Minute einer.«

Wozu schreiben, wenn keiner liest?

Papa sagt, man tut, was man tun muss. Und was muss man tun? Schreiben und den Hof fegen, ist seine Antwort.

Er fegt immer den Hof. Mama gibt den Menschen immer Pillen und Thermometer, und ich schreibe auf weißes Papier.

Ich schreibe nicht, was mir einfällt. Mir fällt gar nichts ein. Ich beobachte nur, wie meine Hand sich bewegt. So wie ich mich beim Tanzen beobachte oder den Stabilo-Stift in meiner Hand. Ich schreibe nur mit Stabilo, Point 88, fine 0,4. Ein roter Schwan ist drauf.

Manche Sachen schreibe ich in Rot, manche in Blau, manche in Grün. Ich habe ein Wasserglas mit diesen Stiften auf dem Tisch, die Kappe nach unten, damit die Tinte in Richtung Schreibspitze fließt, wenn sie stehen und warten.

Mein Bruder schreibt seine Hausaufgaben am Computer.

Papa denkt vorher nach. Er denkt sich alles aus. Aber wozu, wenn's dann doch keiner liest? Ich glaube, das ist zwanghaft. Er muss einfach denken und das dann aufschreiben und morgens den Hof fegen, so wie Mama immer Pillen geben muss.

Es war ein großer Fehler, dass ich mich an die Enthaltsamkeit verschwendet habe. Dass ich mich nicht der Liebe hingab. Wie Rosi und Dennis.

Jetzt bin ich alt und habe Pickel.

Dienstag, 18. März

Heute hat uns Frau Thoma erzählt, dass das höchste Strafgericht in Deutschland gesagt hat, aller Sex, der nicht zum Kinderzeugen gemacht wird, ist Unzucht. 1957 war das. Manche religiösen Leute denken das heute noch. Ich finde, man kann Sex zum Vergnügen haben und zum Kindermachen. Wenn man gerne Kinder kriegen möchte, kann man sie entweder adoptieren, oder man hat Sex. Wenn man zur Zeugung nicht fähig ist, bleibt nur Adoption.

Aber ich finde es auch okay, wenn man Sex nur zum Vergnügen hat. Wie schön, wenn es Leuten Spaß bringt. Ich hatte noch nie Sex. Ich bin dreizehn Jahre, ich werde noch warten, aber ich glaube, ich werde Sex zum Vergnügen haben. Alle sagen, es sei großartig. Ganz toll.

Manche Leute sagen, man sollte nur Sex haben, wenn man verliebt ist. Der Überzeugung bin ich nicht. Man kann auch Sex haben, wenn man geil ist. Man kann Sex haben, wenn man sagt: Okay, ich möchte jetzt Sex haben. Man kann auch Sex haben, wenn man vorher grad sagte: Jetzt keinen Sex. Ich denke, viele Frauen machen es sich zum Vorsatz, keinen Sex zu haben. Egal, mit wem. Und haben dann doch Sex. Manche haben den Vorsatz: Nur Sex mit Männern, die ich liebe. Aber dann kommt dieser elegante Typ und sieht dich mit seinen Schlafzimmeraugen an, höhnisch und blasiert. Er winkt der Limousine, und du steigst ein, damit er's dir während der Fahrt auf der Rückbank besorgt. So ist es doch. Ohne Herz und Verstand ist man eben richtig scharf.

Gerade weil ich diesen gut riechenden Typen neben mir im Kino haben will, mach ich das nicht. Das ist wie Schokolade. Ich bin jetzt richtig scharf auf dieses Stück Schokolade, aber ich esse es nicht. Ich tu's einfach nicht. Während die Stimme in mir immerzu haucht »Mein Gott, ist der cool«, sitze ich nur da. Ich sehe den Film nicht, ich berühre ihn nicht. Ich sitze nur da. Ich spüre meine Spannung und atme seinen Atem ein.

Manchmal kann Sex einen derbe ablenken. Von

den Schularbeiten. Wenn man nur noch diese Sexgedanken hat, kann das ganz schön nervig sein. Da sollte man aufpassen, wie viel Sex man hat. Es wird dann schnell zur Droge. Das ist so 'ne Sache. Sex, Sex, Sex, vögeln, ficken, Sex.

Dienstag, 25. März

Hab heute eine Stunde lang vor dem Spiegel getanzt. Das heißt, nur am Anfang vor dem Spiegel, und dann die Augen zugemacht und mit der Luft getanzt. Und mit der Lust.

Samstag, 29. März

Mein Kopf ist ganz leer. In manchen Momenten. Nichts bewegt sich, weil nichts da ist. Nicht einmal der Schatten eines Gefühls wie *Ich bin traurig.*

Es hat mich beunruhigt. Ich habe Mama gefragt, was das ist. Ob ich normal bin. Sie räumte gerade das Geschirr in die Spüle und sagte, gib mal die Sachen rüber.

»Hast du das auch?«

»Wenn ich schlafe. Hast du dein Zimmer schon aufgeräumt?«

»Wenn du wach bist auch?«

»Nein.«

Wenn sie wach ist, denkt sie darüber nach, ob ich

mein Zimmer aufgeräumt habe oder sie ihre Bluse schon gebügelt hat.

Es kommt wieder. Nicht oft, aber nach der Schule, gerade als Papa anruft. Ich frage ihn. Er findet, dass das ein wundervoller Zustand ist. Das ist *ku*, sagt er, die absolute Leerheit. Nur Kinder haben diesen Zustand, und Zen-Meister.

Ku, die absolute Leerheit. Okay.

Da, wo Papa sonst am Tisch gesessen hat, ist *ku*. Denn er hat uns vor Jahren verlassen, oder wir ihn, und für mich ist da nun *ku*. Für Justin sitzt da Money, der Zweitvater.

Wenn Papa mit mir sprechen will, muss er anrufen. Long distance.

Sonntag, 30. März

Heute war's extrem langweilig. Den ganzen Tag hatte ich nichts zu tun, wollte auch nichts tun. Der März überhaupt. Man hätte ihn in den Müll treten können. Ich meine, nichts war los. Ich fühlte mich grauenvoll. Ich versteh einfach nicht, was mit mir los ist. Draußen regnet es, es ist immer noch kalt, der Frühling kommt nicht, von meinen Freundinnen hör ich nur ganz wenig. Alles grau. Wahrscheinlich ist meine Haut auch grau. Ich habe keinen Freund. Ich bin einsam, seit ich dreizehn bin. Ich möchte die ganze Zeit einen Freund, krieg aber keinen. Wieso ausgerechnet ich? Zum Glück habe ich das Tanzen. Das ist vielleicht das Einzige, abgesehen vom Schreiben. Okay, essen. Aber ich sollte nicht zunehmen, wenn ich auf Freundsuche bin. Auf die Schule hab ich keinen Bock mehr, weil ich dann eh nur wieder Rosi und Dennis zusammen sehe. Mich würde es nicht so ankotzen, wenn Dennis nicht so gut aussähe. Er hat dieses gewisse Eitle an sich, sieht aus wie 'n Schmarotzer, und doch so gut. Und Rosi? Rosi führt sich auf wie die Eisprinzessin. Einfach nur, weil sie mit dem beliebtesten Jungen der Schule zusammen ist. Mit dem eigentlich ich zusammen sein sollte. Oh, wie gemein! Ich hasse mein Leben.

Donnerstag, 10. April

Heute musste ich meinen Pass verlängern lassen. In der Halle kam eine Frau auf mich zu. Sie sagte, dass sie mich von früher kennt.

»Du bist ja eine richtige junge Dame geworden, aber damals warst du ganz dropsig. Und knuddelig, wirklich knuddelig.«

Sie musste mich von früher kennen, denn knuddelig nannten mich die Erwachsenen damals immer. Wie oft habe ich mich darüber aufgeregt. Sie strichen mir übers Haar, bis ich einen Mittelscheitel hatte. (Ich habe ihn immer noch.) Ich kämpf dagegen an, ich mache ihn links, ich mache ihn rechts, aber ein Windstoß scheitelt alles wieder in der Mitte. Ich trage Klammern, klebe die Haare an oder fessele sie im Zopf. Es hilft nichts. Ich habe einen Mittelscheitel von dem vielen Gestreichel.

Als Kind war mein Haar im Nacken abgeschnitten, schräg nach oben, weil Papa es so wollte. Er ging immer mit mir zum Friseur und erklärte dort: »Bitte schräg nach oben schneiden, damit der Hinterkopf gut rauskommt.« Damit ich dann noch *knuddeliger* wurde.

Jetzt sind meine Haare lang und blond und reichen mir bis zum Ende des BHs, wenn ich denn einen trage. Voll und straßenköterblond. Meine Brauen haben eine andere Farbe, sie sind dunkel und voll und breit. Es findet Papas Lob, dass ich sie nicht zupfe.

Ich habe einen großen Kopf, wie ein Fußball. Meine Unterlippe steht ein bisschen vor und wirft einen Schatten. In der Kuhle zwischen den beiden Brustknochen hab ich ein hellbraunes Muttermal in der Form eines Herzchens. So sehe ich es jedenfalls, ich seh das Herz darin. Meine Schultern sind normal. Nur weiter oben, vom Nacken zu den Schultern, sind die Muskeln sehr ausgeprägt. Dafür sind meine Brüste klein, 80 a. Ich habe grüne Augen, mit denen ich jeden Morgen meine Pickel betrachte. Drei Pickel mehr, elf insgesamt.

Ich werde aufgerufen, um meinen Pass entgegenzunehmen.

Mein Bauch ist muskulös und flach. Mein Nabel duckt sich rein. Ich habe schmale Hüften und einen knackigen, runden Po. Den hab ich von Papa, er hat ihn jetzt noch, natürlich ist seiner nicht mehr so hart wie meiner. Meine Beine sind ziemlich gut trainiert. Dass ich sie stets rasiere, verdrießt den Alten. »Wofür soll das gut sein?«, knurrt er. »Für 'n Männerfang?«

»Wie jede Frau.«

»Jede?«

Er glaubt es nicht. Er weiß es nicht. Gut aber findet er meine Zahnspange. Sie ist aus Metall und ziemlich auffällig, wenn ich lache. Ich lache viel und strahle vor Metall.

Freitag, 11. April

Heute habe ich fünf Stunden getanzt. Ich bin total k. o. Zum Essen Pizza und dann eine Tafel Schokolade. Abends ruft mich Sofie an und quatscht mit mir über Sex. Zwei Stunden lang. Sie sagt, die ganze Menschheit ist nur noch an Sex interessiert. Ich bin es im Moment auf jeden Fall nicht.

Ich bin ziemlich kaputt von diesem langen Gerede. Richtig müde. Vielleicht ist ja Sex gleich Liebe. Aber niemand weiß das. Ich wüsste nicht, wie man Liebe definiert. Ich liebe Menschen, ja. Ich liebe meinen Vater, ich liebe meine Mutter, ich liebe meinen Bruder, ich liebe meinen Onkel, ich liebe meine Tante, ich liebe viele Menschen. Aber dennoch könnte ich niemals Liebe definieren. Liebe ist etwas sehr Kostbares. Liebe ist etwas Essenzielles. Liebe ist, jemanden so gern zu haben, dass es vollkommen egal ist, was die geliebte Person tut, was sie sagt, wie sie aussieht. Ziemlich komisch.

Dieses Wochenende habe ich nur eine Sorge: Wie kann ich mich hübscher machen?

Eins ist klar: Tod den Pickeln!

Was könnte ich an mir sonst noch verbessern? Bald kommt die Zahnspange raus.

Vielleicht sollte ich mehr schlafen, damit die Ringe unter meinen Augen verschwinden. Auf Ibiza lässt Papa mich oft nicht weg, dann hab ich keine Ringe.

Auf jeden Fall nicht kratzen und viel eincremen, damit meine Haut weich wird.

Schlapp hänge ich im Sessel und glotze in die Glotze. Irgendwo demonstrieren die Leute. Sie halten Transparente hoch, aber da steht nicht das Richtige drauf. Das Richtige ist *Tod den Pickeln!*

Ich knipse die Scheiße aus und latsche ins Bad. Bleibe vor dem Spiegel stehen.

Ich habe einen Schmollmund, Claudia-Schiffer-Lippen. Deshalb nehme ich nicht viel Lippenstift, damit sie nicht so künstlich aussehen. Am schönsten sind sie ganz natürlich.

Aber jetzt nehme ich Dunkelrot und schmiere den ganzen Mund voll.

Der Kompromiss mit Mama: Nicht allzu oft Make-up. Nur wenn ich auf die Piste gehe. Als Pickelgrab.

Sport mach ich schon genug. Vielleicht sollte ich sagen: »Vorsicht vor den Süßigkeiten«, damit ich nicht so speckig werde.

Ich halte meine Fingernägel in den Spiegel. Na, Kinderchen, was sagt ihr? Vielleicht sollte ich mich ein bisschen um euch kümmern. Aber wenn ihr sauber seid, ist's eigentlich schon okay.

Viel kann ich wohl nicht machen. Immer schön die Zähne putzen (Achtung Karies), nicht zu viel in die Sonne (Achtung Krebs), nicht nachlassen bei den Poübungen (Achtung Hängearsch). Das war's dann schon.

Ach ja, von der Seite bin ich hübscher als von vorne. Vorne seh ich megamäßig aus, von der Seite fast ägyptisch. Da fällt mir ein: Immer auch die Ohren putzen (Achtung eklige Mitesser). Das war's dann aber wirklich.

Und damit Gott es auch nicht vergisst: Tod den Pickeln!

Sonntag, 13. April

An den Wochenenden hängen wir meistens in Dahlem Dorf oder im Pink and Blue Park ab. Wir unterhalten uns über alles, was uns so in den Sinn kommt. Über Jungs oder über Mädchen, über Politik oder Mathe oder die Schule. Über alles. Wir drehen uns um die ganze Welt. Weil alles, was auf der Welt passiert, mit uns verbunden ist. Ich meine, es gibt Leute, die behaupten, Dreizehnjährige quatschen nur über Make-up und Klamotten. Voll bescheuert.

Ostersonntag, 20. April

Es ist Ostern. Die Ferien verbringe ich wie immer bei Papa. Auf Ibiza scheint schon morgens um sieben groß und kugelrund die Sonne. Sie erfüllt mich mit Glück. Ich stehe am Fenster, meine Augen wandern hin und her zwischen den schwarzblauen Schatten der Kiefern und den silbrigen Spitzen der Nadeln. Aluminiumblau der Himmel.

Ich will frühstücken, gehe aber vorher noch auf die Toilette und sehe, dass Blut in meiner Unterhose ist. Eine Wunde! Ich habe eine Wunde! Aber wieso soll ich da eine Wunde haben? Ich finde es unwahrscheinlich. Ich sehe nach und finde nichts.

Der Schreck hat mein Pipi vertrieben.

Ich wechsele die Unterhose, gehe ins Wohnzimmer. Dort steht das Frühstückstablett, das Papa jeden Morgen für mich vorbereitet. Ich trinke Tee. Wieder muss ich zur Toilette und sehe Blut. Später noch einmal. Langsam geht mir auf, dass ich wohl zum ersten Mal meine Tage habe. Ich bin total geschockt.

Dann renne ich zu Anna, die mir erklärt, was ich machen soll. Sie gibt mir von sich eine Slipeinlage, und das reicht bis zum nächsten Tag, an dem wir dann einkaufen gehen, um Tampons zu holen. Sie zeigt mir, wie man sie einführt.

Abgesichert, sauber und warm setze ich mich ans Telefon und rufe alle meine Freundinnen an, um ihnen die Sensation zu berichten. Jede fragt: »Verarschst du mich auch nicht?« Weil ich eine der Frühesten bin, die sie hat.

Strandwanderung mit Anna. Sie ist wie meistens gut gelaunt. Wenn Papa sie beim Telefonieren stört, wird sie fuchtig. Sie schläft gerne und träumt jede Nacht sinnliches und buntes Zeug. Auch erotisches. Manchmal erzählt sie beim Frühstück davon. Aber sie frühstückt nur dann mit uns, wenn sie vorher die Tibeter auf dem Dach gemacht hat. Das sind ihre heiligen Gymnastikübungen. Sie isst nichts und trinkt Tee. Gestern hat der Tankwart ihr beim Tanken an den Hintern gefasst. Sie hat sich umgedreht und ihm eine geknallt. Ich sagte, er hätte zurückschlagen können, aber sie meinte: »Ach was.« Sie ist eine praktische Frau mit blonden Locken.

Papa und Justin gehen bis zum Piratenturm. Das ist ein runder hoher Turm aus dicken Steinquadern ohne Tür. Früher sind die Bauern da hineingeflüchtet, wenn die Piraten auf die Inseln kamen. Ohne Leitern konnten sie nicht hinauf, und die Leitern wurden von den Eingeschlossenen hochgezogen.

Anna schlägt einen Wettlauf vor, damit wir die beiden einholen. Sie ist schneller und rennt Papa in die Arme, sodass beide umfallen. Ich renne um den Turm, und Justin jagt mich. Ich drehe mich um und trete ihn.

»Ich bin uneinnehmbar!«, rufe ich.

»Dich schmeiß ich ins Meer!«, schreit er. Aber er schafft es nicht.

Freitag, 2. Mai

Heute geht's zurück nach Berlin, weil Lino aus meiner Klasse mich gefragt hat, ob ich Lust habe, auf die Abi-Party seines Bruders mitzukommen. Die ist morgen.

Gleich nach dem Aufstehen hab ich meine Sachen eingesammelt. Ich will nicht, dass Papa wieder einen Anfall kriegt von wegen, ich habe was vergessen. Papa und Anna bringen uns zum Airport. Ich merke, dass er keine Lust hat, in der Warteschlange zu stehen, aber er tut es, weil Anna und ich lustig herumquatschen. Bis zur Gepäckkontrolle kommt er aber doch nicht mit. Unten an der Rolltreppe bleibt er stehen. Er ruft noch ein paar Belehrungen hinter uns her, und dass Justin und ich uns auf dem Flug nicht streiten sollen.

»Lest lieber!«, ruft er.

Es ist eine lange Rolltreppe, und die beiden da unten werden immer kleiner. Beide lächeln, obwohl sie sich sonst viel streiten. Jeka sagt, wenn sie sich viel streiten, haben sie viel Sex. Vielleicht ist das bei ihren Eltern so, aber Papa hat überhaupt keinen Sex. Ich weiß gar nicht, wie irgendjemand darauf kommen könnte. Der ist über sechzig Jahre alt. Der ist gar nicht fähig dazu. Sein Rücken lässt das gar nicht zu. Und ich will auch überhaupt nicht darüber nachdenken. Das ist nicht normal. Also irgendwie, nein. Allein schon die Vorstellung, dass er rumknutscht, ist mir widerlich.

Meine Mutter, na ja, die hat's vielleicht gerade dann, wenn sie total gut gelaunt ist. Aber ansonsten, nein. Selten, denn sie ist ja immer so launisch, und das ist nicht so ’n Ding für sie. Sie hat ja schon Kinder. Kein Wunder, dass sich mein Zweitvater regelmäßig einen runterholen muss, denn sie gibt ihm keinen Sex.

Aber Anna, o ja, die geht bestimmt fremd. Mit anderen. Weil Papa ja gar nicht mehr fähig ist. Das ist meine Theorie. Dass sie mit Geschäftsleuten rumvögelt. Ich meine, sie ist ’ne attraktive junge Frau. Ich denke, sie kann noch jeden kriegen. Na ja, vielleicht nicht jeden, aber viele.

Sex und Erwachsene passen sowieso nicht zusammen. Die meisten Kinder machen sich darüber gar keine Gedanken. Ich mach mir nur darüber Gedanken, wenn es wirklich relevant wird oder wenn man irgendwas Komisches hört. Wenn man sie erwischt oder so was. Aber letztendlich finde ich es widerlich, dass irgendwelche Erwachsenen aus meiner Familie Sex haben.

Ich muss darüber lachen, und Justin will den Grund wissen. Ich verrate es ihm nicht.

»Blöder Lachsack!«, fängt er gleich an zu streiten. Ich sage ihm, dass Papa Streiten verboten hat, aber er schubst mich und hört nicht auf. Um meine Ruhe zu haben, gestehe ich im Flugzeug, woran ich gedacht habe.

Aber er dann gleich: »Bei Papa geb ich dir nicht Recht.«

»Und wie stellst du dir das vor mit seinem Rücken? Anna, die ist flexibel, aber Papa, dieser Stock im Arsch? No, Sir.«

»Ich glaub schon.«

»Schön für dich. Ich nicht.«

»Bei Mama geb ich dir total Recht. Das ist klar«, meint er ganz überzeugt.

»Ja, genau«, pflichte ich ihm bei.

Justin weiter: »Aber Money, hallo, iiih, das ist so widerlich. Das ist so eklig. Der hat so fünfhundert Pornos auf meinem Computer. Und dann sagt er –«

»Auf deinem?«

»Ja. Ich hab doch seinen alten Computer gekriegt, und da waren fünfhundert Pornos drauf. So richtig viele. Mehr Pornos als ich Dateien hab.«

»Was denn für Pornos?«

»Von alten Omas.«

»Von alten Omas hat der Pornos auf ’m Computer, und du meinst, dass er sich dazu einen –?«

Und dann kommt die Stewardess und sagt, dass Justin sich anschnallen soll.

»Der hat auch Videos«, meint er dann.

»Ja, wahrscheinlich. Ich guck mir das nicht so genau an.«

»Ich hab sie gefunden. Weißt du, wie die heißen? Melissa.«

Melissa ist doch schwer daneben. Krank. Melissa.

Jetzt sind wir einig, er kriegt nicht genug Sex.

»Er muss sich ganz doll einen –« Justin hat seinen Tisch heruntergeklappt, um darauf herumzutrommeln. Die Stewardess ist wieder da und sagt, er muss ihn hochklappen beim Start.

»Also, jetzt sei doch mal ruhig«, sag ich.

Aber er: »Anna. Ich glaub nicht, dass die so viel rummacht. Vielleicht manchmal, aber ganz selten.«

»Doch, ich glaub, die poppt mit jedem.«

»Glaub ich nicht.«

»Doch, doch. Aber ich glaub nicht, dass sie Herrn Klages gepoppt hat.«

»Wer ist Herr Klages?«

»Papas Buchhändler. Oder Freund oder so was«, erkläre ich.

»Ich glaub nicht, dass sie so viel rumvögelt. Warum sollte sie?«

»Vielleicht weil sie geil ist?«

»Frauen sind nicht geil«, sagt er so laut, dass auch die Stewardess es hört.

»Doch. Frauen können geil sein«, widerspreche ich. »Stimmt mir hier irgendeine Frau zu?« Die Stewardess nickt und verschwindet in der Teeküche.

»Nein, stimmt dir keine zu. Sag mal jetzt 'n richtigen Grund. Warum sollte sie rumvögeln?«

»Wenn eine Frau geil ist ...«

»Was sie nicht werden kann.«

»Doch. Natürlich können Frauen geil sein. Wer erzählt den Scheiß, dass das nicht geht?«

»Ja, beziehungsgeil.«

»O Justin, du bist ja echt voll bescheuert. Ja, glaubst du, Frauen können überhaupt nicht ins Bett gehen?«

»Doch. Wenn sie denken, »Ja, geil, ficken, uuuh, schwanger.« Alles im Leben bei 'ner Frau dreht sich um Schwangerschaft.«

»Genau, besonders bei Anna«, sage ich sarkastisch. »Deswegen will sie auch keine Kinder.«

»Keep cool. Das ist eben ihre Taktik. Punkt und Ende.«

»Eklig.«

»Okay. Dann halt deine Schnauze. Ich hab genug von deinem Gelaber.«

Er stößt mit dem Ellbogen meinen Arm von der Lehne.

Hab ich ihn etwa gezwungen, darüber zu reden? Jedenfalls hab ich versucht, ihm die Nase zuzuhalten, damit er erstickt. Und er? Haut mir voll auf den Kopf. Ich schreie, Vorhang auf, die Stewardess ist wieder da und meckert uns an.

»Ja, Justin«, sage ich, »Papa hat dir verboten, im Flugzeug zu streiten.«

O Gott, bitte strafe ihn. Manchmal hasse ich ihn. Manchmal frage ich mich, ob er nach der Geburt vielleicht vertauscht wurde.

Er spielt die ganze Zeit Computer, wirklich nur Computer. Das regt mich total auf. Was soll ich machen? Ich kann die Unordnung nicht stehen lassen, dann bekomme ich nämlich Ärger. Er natürlich auch, doch das interessiert ihn kein bisschen. Ich muss ihn irgendwie dazu bringen zu arbeiten. Ich muss Konsequenzen ziehen. Und dazu noch was: Er respektiert überhaupt nicht, dass ich schreibe. Das ist ja noch nicht mal das Problem, aber was mich total nervt: Er hält sich für den Größten.

Auch seinen Freunden macht er vor, dass er toll und super ist. Aber sein Zeugnis kann man in die Tonne treten. Der Typ ist total schlecht in der Schule. Er sagt: »Oh, das ist die Zehnte, da ist alles so schwer.«

Ich sag: »Ja, Justin, wenn ich in der Zehnten bin, da wirst du ein ganz anderes Zeugnis sehen, glaub mir. Meins wird viel besser sein. Weil ich mich anstrengen werde. Ich strenge mich immer an. Deswegen bin ich auch Klassensprecherin und du nicht.«

So ist das. Ich habe Ziele. Und Justin absolut nicht. Ich meine, er tut nichts für die Schule. Er spielt die ganze Zeit Computer.

Einmal bin ich in sein Zimmer gekommen, er sitzt am Computer, und auf dem Hintergrund sind nackte Frauen. Ich so: »Hah, Justin guckt Pornooo!« Und er regt sich total auf: »Nein, mach ich gar nicht.«

Ich glaube, Justin ist noch Jungfrau.

Er passt auf mich auf. Mich nervt es. Ich mag es nicht, wenn mein Bruder mir hinterherläuft: »Ach Mona, geh nicht mit dem Typen aus.« Oder: »Mach dies nicht und mach das nicht.« Das nervt. Ich habe mein eigenes Leben, und er kann sich bitte schön damit abfinden. Ich stehe halt auf diese Typen. Ich kann selbst entscheiden, ob sie schlecht sind für mich oder nicht.

Jedenfalls habe ich sein Zeugnis gesehen, es war miserabel. Meins dagegen ... okay, ich bin in der Siebten, da ist einiges leichter. Aber wir werden immer so weit vorbereitet, dass die nächste Klasse eigentlich genauso schwierig oder leicht sein sollte. So ist das ganze System.

Aber Justin strengt sich nicht die Bohne an. Und dann sagt er mir, dass ich dumm bin, dass ich hässlich bin, dass ich Pickel habe, dass ich untalentiert bin. Er glaubt, er wird mal das große Geld verdienen. Wie kann er Geld verdienen, wenn er nichts tut? Man kriegt kein Geld für nichts.

Nach der Schule, sagt er, will er etwas tun. Da will er irgendwas studieren, irgendwas mit Geldverwaltung. Keine Ahnung. Irgendwas, was all die vielen Leute studieren, die keinen Plan haben. Justin hat jedenfalls keinen Plan. Und kein Ziel. Als er mit dem Zeugnis nach Hause kam, war Mama total geschockt.

Samstag, 3. Mai

Heute macht Linos Bruder seine Abi-Party. Mit Lino war ich letztes Schuljahr für eine kurze Zeit zusammen. So Ende August. Hat aber mal wieder nicht funktioniert. Lino gehört zur Gang von Dennis und geht in seine Klasse.

Als ich aus der Schule komme, rufe ich Jeka gleich an und berichte ihr die Neuigkeit. »Auf dem Nachhauseweg hab ich mit Axel geredet. Dennis kommt auch zur Party. Rosi kann mich mal. Jetzt erst recht.«

»Supergeil. Da musst du dich schon ordentlich aufbrezeln.«

»Ja, ich weiß. Und deswegen brauch ich dich.«

»Du hast viel schönere Haare«, fährt sie unbeirrt fort. »Die musst du nur in Szene setzen. Lockenwickler, ein bisschen fönen, und du hast 'ne Frisur wie Claudia Schiffer in dem Magazin letztens. Okay, ich komme.«

Wunderbar! Mit Jekas Hilfe werde ich mich in Mona Superstar verwandeln. Da kann Rosi einpacken.

Kurz vor sieben kam Jeka. Mama hatte Spätdienst. Ich habe ihr gesagt, dass ich bei Jeka schlafen würde. Jeka war cool und souverän wie immer. Ganz anders als ich. Mir war vor Aufregung schon so schlecht, dass ich den halben Tag Durchfall hatte. Jeka gab mir zehntausend Tipps, während sie mir die Haare eindrehte.

»Ich würde mich an deiner Stelle ein bisschen mehr um die Augenbrauen kümmern.«

»Die sind doch natürlich viel besser.«

»Nein, sind sie nicht. Supermodels haben auch nicht von Natur aus perfekte Augenbrauen. Da wird schon ordentlich was gemacht. Und ich würde mir auch keinen Kajal in die Augeninnenlider schmieren. Dann kriegst du Schlitzaugen.« Sie schminkte meine Augen oben hell und in der Lidfalte dunkel. Plötzlich zauberte sie eine Packung falsche Wimpern aus ihrem mitgebrachten Beautycase.

»Wimpern?«, fragte ich entgeistert. »Jetzt spinnst du aber komplett.«

»Nein. Warum? Rosi hat doch so wahnsinnig lange dicke Wimpern. Das kriegst du auch hin.«

»Ja, aber unechte Wimpern, da komm ich mir vor wie 'ne Prostituierte.«

»Nein. Natürlich mach ich dir keine Transvestiten-Wimpern. Das ist schon klar. Ich mach dir diese Wimpern mit 'n bisschen Verdichtung, bisschen Verlängerung. Das sind Echthaarwimpern. Sieht super aus.«

»Echt? Sieht man das denn?«

»Nein, man sieht nicht, dass sie unecht sind.«

Jeka hatte an alles gedacht, sie hatte ihr komplettes Notfallköfferchen dabei.

»Und jetzt die Lippen«, wollte sie gerade weiter ausführen, als es klingelt.

»Erwartest du jemanden?«

»Nö. Schau doch mal, wer's ist.« Ich hatte nicht so Bock mit den Wicklern auf'm Kopf. Was würde ich nur ohne Jeka tun? Ich liebe sie. Sie ist immer da, wenn ich sie brauche.

Ich glaub's nicht: Ich höre Axels Stimme draußen an der Tür. Was will der denn jetzt hier?

»Hey, hey, seid ihr fertig?«, blubbert er.

»Natürlich nicht.«

»Ich wollte euch abholen«, höre ich ihn sagen. Alarmiert strecke ich den Lockenwicklerkopf aus der Badezimmertür. »Wie, du willst uns abholen? Ich dachte, du holst Dennis ab?«

»Dennis wird doch mit dem Fahrer gefahren.«

»Ja, aber der kommt?«

»Ja klar. Vielleicht ist er sogar schon da.«

Da war ich erleichtert.

»Mach hin! Sonst ist Dennis schon wieder weg.«

Jeka ist genervt. »Axel, du störst«, schnaubt sie.

»Ich setz mich aufs Klo und guck euch zu.«

»Spinnst du? Hock dich draußen hin, und lies was.«

»Draußen ist's langweilig. Also, ich stör doch nicht.«

Ich bin nervös, dass wir zu Ende kommen. Also sag ich: »Mann, dann hock dich halt aufs Klo.«

»Jetzt bin ich unter Druck. Das hab ich gar nicht so gerne. Ich mach dir jetzt die Wickler raus. Weißt du schon, was du anziehst?«

»Ja, ich weiß nicht. Ich dachte, was von Miss Sixty?«

»Ja, das ist immer gut. Rock oder Hose?«

Ich schau kurz zu Axel, der wie ’n Schluck Wasser auf der Brille hängt. »Zieh doch deinen langen Pullover an. Der ist super«, tönt er, als hätte ich ihn gefragt.

»Sag mal, spinnst du? Wir wollen hier nicht wie die Omis vom Kranzler aussehen.«

»Der steht dir sehr gut.«

»Ja, das kann schon sein, aber er ist anti-figurbetont, baby.«

»Der Axel hat keine Ahnung.« Jeka schüttelt den Kopf.

»Axel, du kannst ja rumlaufen wie ’n Mopp, aber ich tu’s nicht.«

»Sie will Dennis gefallen und nicht dir«, schnauzt Jeka ihn an.

»Echt mal. Geh doch nach Hause«, stimme ich ihr zu.

»Wir machen jetzt einfach mal weiter, und Axel, du klippst dir den Schnabel zu.« Sie hält ihm eine Haarspange hin. Er hängt sie sich an die Unterlippe. Fantastisch.

Axel: »Dennis hat sowieso keinen Geschmack.«

»Axel, halt die Klappe!«, befiehlt Jeka.

»Wieso hat Dennis keinen Geschmack? Immerhin ist er mit Rosi zusammen.« Ich sollte nicht darauf eingehen, aber alles über Dennis interessiert mich.

»Sie ist ’ne hohle Nuss.«

»Aber die bestaussehende Nuss in Großberlin.«

»Kommt’s denn nur aufs Aussehen an?« Er hat sich echt vorgenommen, uns zu nerven.

»Nein, aber es ist schon wichtig.«

»Du siehst doch super aus. Wenn du den Pullover

und die Jeans anhast und bleibst, so wie du bist, dann hast du doch schon alles gewonnen.«

»Das ist ganz toll, dass du mich so stark findest, aber auf deine Komplimente möchte ich jetzt mal verzichten. Denn was ich im Moment brauche, ist jemand, der mich anzieht, sodass ich Dennis gefalle und nicht den Freaks aus Alices Freakshow.«

»Wenn du Dennis so nicht gefällst, nimmt er dich anders auch nicht.«

»Das ist doch 'n völliger Scheiß. Wenn du essen gehst, dann hast du's doch auch schön hergerichtet. Da schmeckt's doch besser, als wenn du alles auf 'n Tisch klatschst«, versucht Jeka ihm zu erklären.

»Aha. Er soll sie essen. Erst aufessen und dann ausscheißen.«

»Raus! Jetzt reicht's.« Jeka packt ihn und schiebt ihn raus. Er kratzt und bellt an der Tür, aber wir machen nicht auf.

»Ich kleb dir jetzt die Wimpern an. Du darfst halt nicht irgendwie auf der Party rumflennen oder an deinen Augen wischen. Sonst fallen die ab. Klar?«

Ich betrachte mich von oben bis unten im Spiegel und muss zugeben, ich seh umwerfend aus. Wie der Instyle entsprungen. Wie ein Model. Not bad, baby. So perfekt geschminkt hab ich mich noch nie gesehen. Jeka ist eine wahre Künstlerin. Eine Verwandlungskünstlerin.

»Sein blasses Gesicht kann an der Wand kleben bleiben«, murmelt Jeka, während sie mein Gesicht noch ein wenig abpudert. Sie ist immer noch aufgebracht.

»Er sollte mal zu 'ner Typberatung gehen. Er redet

hier groß rum, sieht selber aus wie Scheiß mit Ohren. Wenigstens ist er mit Dennis befreundet. Der einzige Pluspunkt.«

»Was für ein Parfum? Schon 'n bisschen verführerisch, also nicht dein Klein-Mädchen-Parfum.«

»Weiß nicht.«

»Was nimmt deine Mutter?«

»LaCoste.«

»Aua.«

»Nee, echt. Da kann ich gleich ins Büro latschen.«

»Hat die so 'n Scheißparfum? Nicht irgendwie Gucci oder so?«

»Das ist ihr einziges.«

»Dann nimm meins. Coco Mademoiselle.«

»Okay.«

Und los kann's gehen. Wir ziehen unsere Jacken an und trotten gemeinsam mit Nervtöle Axel Richtung Haltestelle.

Wir sitzen in der U-Bahn und müssen erst mal zwanzig Minuten fahren. Dann müssen wir noch mal umsteigen. Das ist arschlange. Wegen der Schminkerei ist es schon spät. Axel guckt nur kacke aus'm Fenster.

Es ist dunkel draußen, nur die Bahn gibt uns Licht. Der Gedanke, ihn heute Abend zu treffen, lässt es in meinem Bauch kribbeln. Was ist, wenn wir die nächste Bahn verpassen und gar nicht am Club ankommen?

In der nächsten Bahn ist es genauso neongrell wie in der ersten, nur dass diese älter ist. Sie riecht nach Neunzigern. Axel guckt wieder mürrisch in die Dunkelheit.

Jeka quasselt mich zu.

Draußen ist eine Eiseskälte. Axel meint, es ist nicht mehr weit zum Club. Nun gut. Ob ich dem Esel trauen kann? Wir gehen jetzt schon fünfzehn Minuten und immer noch kein Club. Jeka hört nicht auf zu quasseln. Ich habe Angst, bin aufgeregt und wütend. Der Wind ist kalt.

Endlich haben wir den Club erreicht. Ein Wunder! Ich hör den Bass. Gefällt mir. Was mir nicht gefällt: Ein Riesenpack steht vor der Tür. Wir werden auf keinen Fall reinkommen. Sind wir überhaupt eingeladen? »Du, Axel, wir sind doch eingeladen oder?«

»Wie soll man eingeladen sein? Das ist 'ne Abi-Party.«

»Spinnst du? Axel, das hast du uns gestern noch gesagt. Mann, bist du bescheuert. Du schleppst uns hierher, wir sind nicht eingeladen, hier sind fünfhundert Leute, und wir kommen bestimmt nicht durch. Die sehen alle aus wie was weiß ich – fünfundzwanzig. Und Dennis ist bestimmt auch nicht da.«

»O Mann, Mona, jetzt sei doch mal still. Wir kommen sicherlich rein. Wir müssen nur 'ne Stunde warten.«

»'Ne Stunde warten? Dann haut Dennis vielleicht schon ab, und ich bin 'n Eiszapfen. Du spinnst wohl. Mann, so 'n Penner.«

»Du, du da, komm her!«, hör ich eine herrische, fremde Stimme. Ich dreh mich um.

Der Türsteher. Er ist groß, mit riesigen breiten Schultern. Ich frag mich, ob er fünfhundert Stunden pro Tag Sit-ups macht. Iiih, sind seine Arme durchtrainiert.

Meint er mich? Ich dreh mich zur rechten Seite. Keine andere da. Dreh mich zur linken. Keine da.

»Du, komm jetzt her. Du mit der Diesel-Jacke.«

Sagt Jeka zu mir: »Mann, Mona, wach auf. Er redet mit dir, Sister M.«

Also, was mach ich? Stratz hin. Mein Herz schlägt so sehr, dass es fast schon aus meiner Brust springt. Bestimmt wird er mich nach meinem Ausweis fragen. Dann ist Ende der Reise für unter sechzehn. Axel guckt wieder in die Dunkelheit.

»Du kannst rein.«

Oh, der Türsteher lässt mich rein! Ich fall vom Glauben ab. Geil, was? Fünfhundert Leute, und der Türsteher lässt mich rein. Okay, ich bin drin. Jeka und Axel nicht. Das ist scheiße. Ich guck mich erst mal um. Hohe Wände, langer Gang, laute Musik. Mein Herz ist mittlerweile schon in die Füße gerutscht, die Ohren gibt's nicht mehr. Ich hab Angst, dass meine beiden Freunde nicht reinkommen. Ich muss zurück. Der Türsteher fragt, ob ich noch jemand reinhaben möchte.

»O ja! Die Jeka da hinten und der Typ neben ihr.« Die Menge schreit. Jede sagt, sie sei Jeka. Sieht aus, als ob sie gleich randalieren werden. Ich war noch nie so aufgeregt.

Er winkt die beiden rein.

Sie sind drin. Wow. Jetzt beben die Wände. Wir gehen durch den dunklen Gang. Jeka hat die Dunkelheit erschreckt. Plötzlich überall Lichter. Rot, grün, weiß, gelb, blau. Voll und heiß ist es, der Schweiß rinnt von den Wänden. Die Tanzfläche leuchtet weiß. Hier werde ich Dennis niemals finden. Ist er überhaupt da? »Axel, du hast Dennis doch eingeladen, oder?«

»Ich hab schon mal gesagt, es gab keine Einladung.«

»Ist Dennis hier?«

»Er sollte hierher kommen.«

»Mann, Axel, echt jetzt? Du wusstest noch nicht mal, wo der Weg war.«

»Ich wusste es genau. Er war nur ziemlich lang. Und Dennis wird hier irgendwo sein.«

Und wen seh ich? Dennis!

Ich gehe auf ihn zu und lächle unsicher. Er lächelt zurück und drückt mir ein Glas in die Hand. Dann erzählt er mir aus heiterem Himmel, dass er Rosi nicht mehr mag und dass es sein größter Fehler gewesen sei, es noch mal mit ihr zu versuchen. Er hätte ja schließlich nicht ohne Grund vor ein paar Monaten mit ihr Schluss gemacht.

Waaaas?? Fuhr da gerade ein Zug durch den Club, oder wo war ich? Wann war denn bitteschön Dennis mit Rosi zusammen? Ich dachte, nach meinem Geburtstag hätte sich das ergeben. Aber nun erfuhr ich, dass sie schon früher ein richtiges Verhältnis hatten. Und – natürlich klar – genau in der Zeit, als sie mir die Freundschaft gekündigt hatte. Ich schäumte vor Wut. Diese Schlange, dieses Miststück! Jetzt wurde mir so einiges klar. Das halbe Jahr, in dem wir uns nicht gesehen hatten, war sie mit Dennis zusammen gewesen. Und ich hab sie dabei wohl gestört. Sie hatte mich also eingetauscht. Und als Dennis sie abserviert hat, kam sie wieder angekrochen. Und ich dumme Kuh sollte denken, es wäre wegen ihrer Freundschaft mit dem anderen Mädchen.

»Wie lange wart ihr denn das erste Mal zusammen, oder ist das ein Geheimnis?«

»Nö, wieso. Kann ich dir schon sagen. Ich glaub, das war fast ein halbes Jahr. Aber die ging mir so auf 'n Zeiger. Die klammert wie ein Affe und kontrolliert alles, was ich mache. Liest meine SMS und so Sachen.«

»Und jetzt? Warum willst du jetzt Schluss machen?«

»Aus denselben Gründen. Ich hab gleich gewusst, dass es nix mehr wird, aber sie hat ja nicht lockergelassen. Hat ständig bei mir angerufen. Wollte ins Kino mit mir und so. Na ja, sie hat mir irgendwie Leid getan.«

Er nahm plötzlich meine Hand und zog mich mit. Er wollte in ein Hinterzimmer mit mir gehen, als so 'ne Tusse kam. Ich glaub, die war erst zwölf. Ich sagte zu Dennis, dass sie ziemlich betrunken sei. Dennis meinte, die sei voll auf Ecs. Sie blieb vor ihm stehen und leckte sich superlangsam und total provozierend die Lippen und fasste ihm dabei an die Hose.

Er ließ sich das gefallen und grinste mich über ihre Schulter hinweg an: »Du bist so aggressiv dünn.«

Warum sagt er das? Was hat das mit irgendwas zu tun? Ich meine, hallo, die Ecs-Tante wog auch nicht grade eine Tonne. Jedenfalls hat er sie in das Zimmer gezogen und abgeschlossen. Ich konnte genau hören, wie er die Tür zumacht!

Ich stand da wie eine Mülltonne und glotzte auf

das Schloss. Und dann auf die Tapete. Da saß ein Marienkäfer. Echt. In der Disko. Das muss für ihn das Inferno gewesen sein. Kein Blatt, keine Blume, kein Sonnenstrahl. Nur die flackernden Lichter der Hölle. Er bewegte sich nicht, und ich dachte, vielleicht sitzt der da schon seit vorigem Sommer und dass Dennis das Wort »aggressiv« zu oft benutzt. Ich hielt die Schachtel für meine falschen Wimpern darunter, gab ihm einen Schubs und steckte die Schachtel inklusive Käfer in die Tasche. Zu Hause gibt es Pflanzen. Da ist es warm. Am Fenster gibt es Sonne. Da wird er sich erholen.

Dann riss ich mir die Wimpern ab, stellte mich neben die Lautsprecher und tanzte. Anfangs fühlte ich mich wie im Eis. Ich zwang mich, die Arme und die Beine zu bewegen. Es knirschte und knackte und krachte, aber langsam taute ich auf und spürte einen Sturzbach von Tränen. Schnell zum Ausgang. Das war echt nicht mein Tag.

Auf dem Nachhauseweg fragte ich mich, was ich falsch gemacht hatte. Warum hatte ich Dennis nicht gefallen?

Dienstag, 4. Mai

Ich bin immer noch geschockt von meinem Wochenenderlebnis. Er lässt mich stehen wie den letzten Depp. Ich habe mich entschieden, so zu bleiben, wie ich bin. Dennis ist ein Penner. Ich bin so, wie ich bin, und ich muss mich nicht ändern, nur weil das manch anderem besser gefällt. Natürlich, ich trage Make-up, um die Jungs zu beeindrucken. Das ist mir ganz bewusst. Wenn ich den Jungs nicht gefallen wollte, würde ich im Pyjama zur Schule gehen.

Es gibt jetzt Strumpfhosen, die gesund für die Haut sein sollen. Da sind irgendwelche Stoffe von Shrimps drin, die gegen Zellulitis und gegen Juckreiz wirken. Wie wär's, wenn man die anzieht, um den Jungs zu gefallen? So nach dem Motto: »Hey, Typ, ich hab keinen Juckreiz an den Beinen, wie wär's?« Cool.

Im Ernst, man will den Jungs eben gefallen. Dann wird man auch geliebt.

Sofie sagt, es ist normal, dass man gefallen will.

Normal. – Aber was ist, wenn es einem egal wäre? Dann würde ich mir Egal-Hosen anziehen, kuschelige Sachen. Ich würde mir einen Zopf machen oder kurze Haare tragen. Ich würde mich auf die Schule konzentrieren und mich Egala Meier nennen. Egala Meier, super, geil, der einzige freie Mensch. Durch nichts verführt, an nichts gebunden.

Der Marienkäfer sitzt in der offenen Schachtel am Fenster und hat sich von einer Seite auf die andere bewegt.

Mittwoch, 14. Mai

Ich konnte die halbe Nacht vor Aufregung nicht schlafen. Seit der Party bei Linos Bruder habe ich Dennis nicht mehr gesehen. Und ich wusste, dass ich ihn heute spätestens auf der Fahrt zu dem Leichtathletikturnier sehen würde. Außer ich würde in den Bus steigen, in dem er *nicht* sitzt.

Jetzt muss ich mich entscheiden, auf welchen Bus ich zugehe. Daher beschließe ich, den Eis-Bus zu nehmen, aber irgendjemand schiebt mich und ich lande, eh ich michs versehe, in dem Feuer-Bus.

Da sitzt er schon, ich seh ihn hinten, und er winkt. Die Leute hinter mir schubsen und sagen, geh doch voran. Wie aus der Ferne höre ich irgendwelche Kumpels rufen: Setz dich hierher.

Ich sehe Dennis winken. Ich höre seine Stimme: »Mona, Mona, komm her.« Vor mir geht Lätizia, die sich auf den Platz setzen will, der direkt vor Dennis ist. Dennis sagt zu ihr: »Du, sorry, aber entschuldige, da kannst du nicht sitzen, da sitzt Mona.«

Ich bin ziemlich durcheinander. Das ist der letzte Platz, scheiße, da muss ich mich hinsetzen.

Er dann: »Oh, ist aber schön, dass jetzt du in meiner Nähe sitzt.«

Um ihn wissen zu lassen, dass ich verdammt sauer bin, frage ich: »Na, war's gut mit deiner Ecs-Tante?«

Und er: »Ach, da war nix. Ich wollte von ihr nur 'ne Pille.«

»'ne Pille? Und dazu musst du sie erst mal poppen?«

»Woher willst du wissen, dass ich sie gepoppt hab?«

»War ja wohl offensichtlich, wie ihr rumgemacht habt.«

»Du hast nur gesehen, dass ich mit ihr ins Büro gehe.«

»Ja. Und du kamst lange nicht mehr raus.«

»Hat halt gedauert, bis ich sie überzeugen konnte, dass sie mir 'ne Pille gibt.«

»Und das soll ich dir abkaufen?«

»Ja. Hast du Beweise, dass ich was anderes gemacht hab? Hast du was gehört?«

»Axel hat mir doch erzählt, dass es das Poppzimmer ist. Da geht man normalerweise nur zum Poppen rein.«

»Axel.« Er und seine Freunde lachen. Sie veranstalten so eine Art Lachchor oder Lachorgie. Als sie aufhören, fährt der Bus schon längst.

Lätizia hockt jetzt neben mir und ist ein guter Schirm, um Dennis auszuweichen, der mich die ganze Zeit bequatscht und mir Komplimente macht. Ich bin und bleibe eine saure Sumse, doch plötzlich gibt er mir 'n Kuss. Ich bin total hin und weg. Das Komische aber: Diese Tante Lätizia neben mir fängt an zu flennen. Sie ist in der Elften, viel zu alt, aber offensichtlich steht sie auf Dennis.

Als wir am Abend wieder zurück in Berlin sind, hat er zwar noch im Vorbeigehen »hallo« gesagt, aber so richtig wahrgenommen hat er mich nicht mehr.

Einen Trost gab es: Als ich nach Hause kam, war der Marienkäfer davongeflogen.

Dienstag, 20. Mai

Eben habe ich versucht zu tanzen, aber manchmal fallen mir so viele Tanzschritte gleichzeitig ein, dass ich sie nicht ausführen kann. Als ob einem zehntausend Sätze einfallen, die sich beim Eintritt in den Stabilo gegenseitig blockieren. Man gerät leicht in diesen Blockadewirbel, und man kommt schwer wieder heraus.

Mein Beschluss: Heute bleibe ich die verzagte Maus und fresse Milka.

Mittwoch, 21. Mai

Ein total verrückter Tag: Ich bekam einen Anruf von Dennis.

»Guten Tag, hier ist Dennis. Könnte ich vielleicht mit Mona sprechen?«

»Ich bin's.«

Er ist ein bisschen verlegen, aber er redet weiter. »Ja, du, ja, wie geht's dir denn?«

»Hast du angerufen, um mich das zu fragen?«

Er erklärt, dass es ihm Leid tut, dass er mich »irgendwie immer« ein bisschen versetzt hat. Ich antworte, dass ich es ein bisschen verwunderlich finde, dass er erst alles tut, um meine Aufmerksamkeit zu bekommen – und das mit Absicht –, und mich dann später einfach stehen lässt.

Aber er entschuldigt sich lieb: »Mona, das tut mir Leid, so meinte ich das alles nicht. Ich hatte nur so viel mit meinen Eltern um die Ohren, und ich weiß einfach nicht, wo mir der Kopf steht.«

Also hab ich ihm verziehen. Er fragte dann noch, ob wir uns nicht treffen wollten.

»Wo?«

»Im Pink and Blue Park.«

»Na ja, okay. Um wie viel Uhr?«

»So gegen sieben?«

Jetzt bin ich also mit ihm im Pink and Blue Park verabredet, wo er mit seiner Gang oft rumhängt.

20:00 Uhr, Pink and Blue Park

Gut, dass ich mein Heft mitgenommen habe. So kann ich wenigstens schreiben.

Ich sitze hier schon seit einer Stunde und bin echt sauer, dass Dennis sich so verspätet. Ganz ehrlich: Ich werde immer saurer. Ich blase gleich die Backen auf und platze. Ich finde es scheiße, dass er mich schon wieder verarscht. Er kann sich nicht entscheiden. Er fängt etwas an, und dann macht er es kaputt. Er fängt eine nette Konversation mit mir an und dann peng. Er will sich mit mir treffen und kommt nicht. Habe ich das verdient? Mich nervt es so was von extrem. Ich werde ihm garantiert nie wieder verzeihen. Njet! Ich will ihn nie wieder sehen. Ich hab keinen Bock mehr auf ihn. Ich such mir jemand, der es wirklich wert ist.

Und jetzt? Soll ich jetzt hier rumsitzen bis in alle Ewigkeit?

Ich meine, okay, ich warte wahrscheinlich doch noch ein bisschen. Vielleicht ist ja etwas passiert. Was ist, wenn er dann doch kommt?

Also ich warte, bis ich nach Hause muss. Um zehn muss ich zu Hause sein. Es ist 21:16.

Ja, ich warte jetzt noch vierzehn Minuten. Wahrscheinlich ist mit seiner Familie irgendwas passiert.

Ich warte noch zwei Minuten, mehr nicht. Ich weiß einfach nicht, was ich denken soll. Warum kommt er so spät? Falls er überhaupt kommt. Jetzt sind es noch sechs Minuten. Dann muss ich wirklich nach Hause.

Ticktick, geht die Uhr; schluchzschluchz, macht mein Herz. Adieu, sagt mein Mund.

Freitag, 23. Mai

Heute stand Dennis plötzlich vor mir! Und das nach der Party bei Lino und der Gemeinheit im Pink and Blue Park.

Ich wartete gerade bei Rosi vor der Haustür. Ich wollte mit ihr über die schlechte Nummer wegen ihrer Lügerei sprechen. Da tauchte Dennis neben mir auf und wollte mich tatsächlich küssen. Ich habe mich umgedreht und bin einfach weggegangen. Habe mich hinter einem Zeitungskiosk versteckt und gewartet, um zu sehen, ob sie ihn reinlässt. Das hat sie getan. Da bin ich nach Hause.

Der Flieder blühte, und bald würde es Sommer sein. Ich pflückte einen lila und einen weißen Zweig. Ich zwackte immer wieder einen Blütenkelch ab und saugte daran.

Als ich zu Hause war, habe ich Jeka angerufen und ihr gesagt, dass ich sie unbedingt sprechen muss. Weil Dennis mich küssen wollte und außerdem weil er zu Rosi wollte. Ich hatte ihr lang und breit erklärt, was Dennis mir auf der Party über Rosi erzählt hatte, und verstand jetzt gar nix mehr.

»Warum tut er das?«, frage ich Jeka.

»Sex«, sagt sie in ihrer üblichen lässigen Art.

»Mein Gott«, denke ich, während ich mir eine Pizza mache und das Telefon auf Lautsprecher stelle.

Unsere Wohnung ist zwar winzig, aber die Küche ist gemütlich und schön. Ich mache mir auch gleich noch einen Tee. Ich werde jetzt genüsslich essen und mit Jeka quatschen.

»Du meinst, er geht zu Rosi wegen Sex?«, frage ich nach.

»Wie spät war es denn?«

»Fünf.«

»Na eben. Um fünf gehen die Männer auf Sex.« Jeka und ihre Witze.

Sie ist sehr intelligent. Papa sagt, weil sie zu allem Abstand hat. Er meint, dieser Abstand zeigt sich in ihrer Ironie. Er meint, zu allem Abstand halten heißt, sich selber nahe sein. Seine Lieblingstochter wäre Egala Meier, hundert Pro.

Justin kommt herein. Immer hat er gerade dann Hunger, wenn ich was esse. Es ärgert mich. Ich sage Jeka, dass ich nun erst in mein Zimmer gehen muss, um weiterzusprechen.

Jeka meint: »Wieso, er ist doch witzig.«

»Wozu hat man überhaupt Sex?«, frage ich sie. »Wozu ist Sex denn gut? – Okay, wir Frauen bekommen Kinder, damit die Bevölkerung wächst oder wenigstens gleich bleibt.«

»Ich finde, eine Beziehung ohne Sex ist langweilig«, meldet sich Justin mal wieder ganz ungefragt zu Wort.

»Genau«, sagt Jeka. »Und bei zu viel Langeweile wären wir ja alle gar nicht hier. Deshalb sollte die Reproduktion weitergeführt werden. Repro go on.«

Bei ihr weiß man nie, ob sie es ernst meint oder einen »stalinistischen Witz« macht, wie unsere Englischlehrerin mal in ihrer trockenen Art gesagt hat.

Und Justin: »Quatsch mit Soße. Sorry, mit Spermasoße.«

Und ich: »Jeka hat Recht. Das hatten wir in der Schule. Die Pest hat ganz Europa leer gefegt. Also war es wichtig für die Armee und für das Volk, damit es mehr Macht erringen konnte.«

Und Justin: »Jetzt ist es nicht mehr wichtig. Jetzt können alle mit Kondom Sex haben.«

»Stimmt«, sage ich. »Das unterstützt die Beziehung zwischen Männern und Frauen.«

Und er: »Auch weil es Spaß macht.«

Und ich: »Okay. Woher weißt du denn, dass es Spaß macht?«

»Weil es so ist«, meint er. »Das ist in den Genen.«

»Aha, okay. Hattest du schon mal Sex?«

»Nein.«

»Ach so. Onaniert?« Ich sehe ihn ganz wissenschaftlich an, wie die Ärztin in Mamas Lieblingssendung *Die Krankenschwester*. Aus dem Telefonlautsprecher hört man Jeka kichern.

»Fuck you. Blöde Kuh.« Er ist echt böse.

Jetzt prustet Jeka richtig los. Er starrt mich an. Den Kopf vorgestreckt wie ein bissiger Hund. Er überlegt bestimmt, wohin er mich hauen oder treten soll.

»Na ja, wenn das so ist«, sage ich ganz cool. »Ich tippe darauf, dass das Spaß machen *könnte*. Aber vielleicht macht es auch nicht so viel Spaß.«

»Was für ein Blödsinn!«, fährt er mich an. »Du laberst eine Weiberscheiße. Das bringt Spaß. Fertig. Aus.«

Es ist okay, dass er eine Meinung hat, aber er braucht deshalb nicht gleich gegen meinen Stuhl zu treten. Ich übergehe das am besten und sage: »Okay. Vielleicht bringt es für viele Spaß, aber es gab eine Frau bei *Explosiv*, die konnte nur im Stehen Sex haben. Und eine andere Frau, die konnte nie Sex haben. Konnte schon, aber ohne Orgasmus. Wo ist da der Spaß?«

»Du glaubst diese unseriöse *Explosiv*-Scheiße, die da verzapft wird von wegen, man kann keinen Orgasmus haben, oder man kann nur im Stehen Sex haben? Die sind dumm, und wenn du das glaubst, bist du es auch«, ereifert er sich.

»Okay. Die sind also dumm und haben trotzdem keinen Orgasmus.«

»Ach, leck mich doch!« Und dann ist er raus und knallt die Tür hinter sich zu. Er reißt sie noch mal auf, sein Kopf ist ganz rot, und zischt »Fuck you«.

Wenn Justin sich aufregt, bleibe ich immer ruhig. Meistens jedenfalls. Und Jeka denkt, ich habe ihn extra geärgert. Jedenfalls sage ich: »Mein Bruder, das Arschloch.«

»Kannst du ihn nicht leiden?«, fragt Jeka.

»Nein.«

»Warum nicht?«

»Wenn unsere Eltern nicht da sind, müssten Justin und ich eigentlich die Hausarbeit aufteilen. Aber ich mache immer alles. Jetzt zum Beispiel muss ich die Küche sauber machen, obwohl er die Hälfte von meiner Pizza weggefressen hat. Ich tu immer viel, und er tut ganz wenig. Ich habe keine Lust, den ganzen Tag für ihn zu arbeiten. Ich hab noch andere Dinge zu tun. Das verstehst du doch.«

»Und er?«, hakt Jeka nach.

Was soll die Frage? Ist sie etwa verliebt in meinen geistesgestörten Bruder? Vielleicht nur, weil er gut aussieht und keine Pickel hat? Dann lasse ich ihr die Illusion.

»Interessiert mich nicht. Tatsache ist: Wenn ich telefoniere, will ich nicht, dass er in die Küche kommt.«

»Er ist dein Bruder, und da will er eben Kontakt zu dir«, sagt Jeka Mutter-Teresa-mäßig.

»Aber das hatten wir, und es geht nicht gut. Immer wenn er Kontakt aufnimmt, dann geht es so: Mona ist eine doofe Kuh, Mona ist dumm, Mona kann das nicht, Mona ist total hässlich, Mona ist fett, Mona ist bescheuert, Mona ist eklig, Mona stinkt, Mona hat Pickel.«

Ich habe momentan meine Tage, und deswegen rege ich mich wahrscheinlich auch so auf. Wenn ich meine Tage habe, bin ich total aggressiv. Selbst wenn nichts passiert, rege ich mich schon auf. Das ist bei Frauen so.

Aber das versteht er nicht. Er kann nicht begreifen, dass ich während meiner Tage Gefühlsschwankungen habe. Wenn er nicht aufpasst, blase ich ihm irgendwann mal das Gehirn durch. Einfach nur aus Wut.

Jeka sagt: »Kannst du nicht in Ruhe mit ihm reden?« Sie hat keinen Bruder. Sie hat keine Ahnung, sonst wüsste sie, dass ich das völlig aufgegeben habe. Eigentlich hatte ich mir angewöhnt, dass er mir egal ist. Generell egal. Ich wollte ihm so viel wie möglich aus dem Weg gehen. Na toll, und dann kommt er in die Küche.

Oder: Er hat einen eigenen Fernseher, und ich gehe ins Wohnzimmer, wenn ich fernsehen will. Was tut er? Er kommt und setzt sich daneben. Da denke ich nur: Geh doch in dein Zimmer und guck da Fernsehen, aber lass mich in Ruhe. Er lässt mich aber nicht in Ruhe. Warum? Das weiß keiner.

In der sechsten Klasse wurde ich immer gehänselt, auch in der vierten und in der fünften. Das waren drei Jahre, da wurde ich von den Jungs so gemein gehänselt, dass die Mädchen mich auch fertig machten. Weil ich kurze Haare hatte, weil ich pummelig war, weil ich oft zu direkt war, weil ich halt so war, wie ich war. Da habe ich gefragt:

»Warum hänselt ihr mich?«

»Weil es Spaß bringt.«

»Warum bringt es euch Spaß?«

»Weil wir gerne auf anderen herumhacken. Das ist zum Lachen, und wir lachen gerne.«

Aber jetzt kenne ich ja jemand viel Schlimmeren: Justin. Den habe ich oft gefragt, warum er mich ärgert und mir auf die Nerven tritt. Er gibt keine Antwort, nie.

Unheimlich dumm. Ich finde es beleidigend, dass er mir keine Antwort gibt. Das ist unterstes Niveau.

Jetzt frage ich nicht mehr. Ich will es nicht wissen, ich will einfach nur, dass er mich in Ruhe lässt. Ich will nichts mit ihm zu tun haben. Warum kommt er trotzdem angekleckert? Ich will nichts von ihm. Ich will einfach nur mein Leben leben.

Ich kann nicht verstehen, wie alle Mädchen, die Einzelkinder sind, immer sagen: »Oh, ich will einen großen Bruder haben.« – O nein, das wollen sie nicht wirklich. Denn sobald man einen großen Bruder hat, wünscht man sich, man hätte keinen. Es ist die Hölle! Man hat keine Privatsphäre mehr, weil der Typ immer an die Tür donnert.

Neulich kommt er aus der Schule und reißt meine Tür auf ohne anzuklopfen. Jault: »Hey, wer war in meinem Zimmer?«

Sage ich: »Sorry, Jeka war da, wir haben ferngesehen.«

Und er voll höhnisch: »Was habt ihr denn gesehen? Swat?«

»So 'n Scheiß sehn wir nicht. Wir haben 'ne Sendung gesehen über Sex.«

Und er: »Hey, geil. Porno?«

Und ich so: »Wir sind doch nicht Money oder Justin. Es war 'ne Beratungssendung.«

Grinst er: »Ratesendung? Was haben sie denn gefragt?«

»Sie haben gefragt, wie es beim Sex zugehen soll.«

»Im Kinderkanal?«

»Nein, auf SAT1.«

Und er wieder voll blöd: »Es soll gar nicht zugehen, es soll draufgehen.«

»Witzig. Nur leider, sorry, kapier ich nicht.«

»Und?«

»Was und?«

»Na, was haben die gesagt im TV?«

Sage ich: »Die Moderatorin hat gesagt, die sollten sich aufeinander legen, und dann sollte er den Penis in die Muschi tun.«

Und er dann voll so: »Es gibt verschiedene Stellungen. Der Junge ist auf dem Mädchen ist nur eine. Das Mädchen auf dem Jungen ist auch eine. Der Junge hinter dem Mädchen, okay? Das Mädchen wie ein Hund und der Junge auf ihr hinten drauf, auch nicht schlecht. Es gibt eine, da ist der Junge bei ihr im Arsch, und eine, da ist das Mädchen auf der Seite und der Junge aufrecht, und eine, da ist das Mädchen auf der Seite und der Junge auch, und eine, da ist das Mädchen auf der Seite und der Junge auch auf der Seite, aber von hinten.«

Und ich ganz ruhig: »Dann gibt's noch eine, da ist das Mädchen, wenn der Junge in der Hund-Position ist, hinten drauf.«

Er jetzt ziemlich aggressiv: »Die gibt's nicht.«

»Okay«, lache ich, »die gibt's nicht. Justin hat schon alle Positionen ausprobiert. Es gibt über achtzig, aber er als Hund und sie hinten drauf hat nicht geklappt. Wahrscheinlich zu laut gebellt.«

Und er: »Du bescheuertes Huhn! Es gibt eine Million Stellungen. Und das Mädchen stöhnt auf jeden Fall, das ist immer klar!«

Ich frage: »Was ist, wenn es nicht stöhnt?«

Und er richtig wütend: »Dann schmeiß ich die aus dem Bett.« Er schläft immer noch in dem doppelstöckigen Kinderbett.

Also frage ich echt interessiert: »Von oben runter?«

Und er: »Ja, von oben runter, du blöde Kuh!« Er knallt die Tür und ist raus.

»Ich finde, Justin ist immer gut drauf und einer von den richtig höflichen Jungs in der Schule«, sagt Jeka. Ich fahre mit der Hand einmal groß durch die Luft, um ihr Verhextsein wegzuwischen, aber das kann sie ja durchs Telefon nicht sehen. Ich lächle bloß und sage ironisch: »Ja, ein richtiger Gentleman.«

Samstag, 24. Mai

Heute bittet Justin mich: »Komm doch Schach spielen.«

Ich sage: »Nee, ich will auf Axels Geburtstag.«

Er klopft an die Tür – klopf, klopf, klopf.

»Nein, Justin, ich will nicht Schach spielen, ich will auf die Party.« Wie mir das auf die Nerven geht!

Und natürlich bin ich zu spät zu Axels Party gekommen.

Auf der Party kannte ich gerade mal zwei Mitschülerinnen. Eine davon war Leona. Die andern waren Kinder von den Nachbarn. Viele davon stockbesoffen. Leona auch. Das merkte ich, als sie auf mich zuwankte und mir ein Gespräch ans Ohr drückte.

»Du, Mona, ich war schon zweimal schwanger.«

»Du bist dreizehn und warst schon zweimal schwanger?« War das ihr Ernst? »Von Axel?«

»Warum denn Axel? Nein, er war viel älter. Mein Nachhilfelehrer.«

Mit zwölf hatte sie Sex mit ihrem Nachhilfelehrer, der sie entjungferte. Sie ist gleich schwanger geworden und hat die Pille danach genommen, um das Kind abzutreiben. Nicht lange danach hat sie wieder mit ihm geschlafen und ist wieder schwanger geworden. Ein bisschen kam es so rüber: »Jo, ich bin zweimal schwanger gewesen, und ich bin stolz darauf.«

Ich habe sie gefragt: »Warum hast du kein Kondom benutzt?«

Und sie: »Er meinte, es wäre ohne viel intensiver.«

Und ich: »Schon mal was von der Pille gehört?«

Sie drauf: »Da müsste ich ja extra zum Frauenarzt gehen.«

Ich: »Du kannst sie doch auch im Internet bestellen. Aus Holland.«

Und sie: »Dann kriege ich bestimmt irgendwelche Nebenwirkungen oder so was.«

Darauf ich: »Ist eine Schwangerschaft mit Abtreibung nicht auch eine Nebenwirkung?«

Und sie dann: »Ja, egal« und wechselt das Thema. Allmählich war sie so betrunken, dass ich sie nicht mehr richtig verstehen konnte.

»Na, amüsierst du dich gut?«, fragte Axel.

»Wenn das deine ungeschminkte Welt ist, dann möchte ich sofort den Schminkkasten von Britney Spears haben«, sagte ich ziemlich wenig amüsiert, tippte Axel auf die Schulter und ging.

Sonne auf dem Weg zur Schule. Schöner Wochenanfang. In der Pause fragt mich Rosi nach Axels Party. Das war das erste Mal seit langem, dass wir überhaupt miteinander sprachen. Ich hab's immer noch nicht geschafft, mit ihr über das, was Dennis mir erzählt hatte, zu sprechen. Also frag ich sie, ob wir uns nicht mal wieder treffen könnten. Morgen, schlägt sie vor.

Danach erzähle ich ihr von Axels Party und von Leona. Dass sie total betrunken war und ich mich lange mit ihr unterhalten habe. Das andere erzähle ich ihr nicht. Auch wenn ich Leona total blöd finde, geht's keinen was an.

Rosi sagt sofort: »Nuttig.«

»Nuttig?« Ich denke, sie meint mich, aber sie meint Leona.

»Woher weißt du das? Du warst doch gar nicht dabei.«

»Sie ist dreizehn und säuft und schleimt jeden an. Die braucht das, dass die Leute ihr andauernd sagen, wie toll sie aussieht, und deswegen muss sie wie 'ne Nutte rumlaufen.«

Rosi ist sehr hübsch, aber wenn sie sich aufregt, werden ihre Züge schärfer, und sie verliert ihre Schönheit. Sogar ihre Nase wird dann spitz. Ich klicke auf *weises Schweigen*, obwohl es stimmt. Leona ist nuttig.

Freitag, 30. Mai

Ich treffe Rosi am späten Nachmittag vor der Schule. Sie schlägt vor, zu ihr nach Hause zu gehen. Ihre Mutter ist nicht da.

»Und Dennis?«

Sie schüttelt den Kopf.

»Okay«, sage ich, »ich muss dann von dir aus zu Hause anrufen, dass ich über Nacht bei dir bin.« Vielleicht würde unser Gespräch ja länger dauern. Jetzt muss ich nur noch den richtigen Moment finden, um sie zu einem Geständnis zu kriegen. Ich will endlich wissen, was los ist mit ihr und Dennis.

Wir machen zusammen Mathe, und danach holen wir uns jede eine Pizza aus der Kühltruhe.

Vielleicht wartet sie aber auch, dass Dennis vorbeikommt und ihr bei den Schularbeiten hilft. Wenn ich ehrlich bin, hoffe ich das sogar. Ich bin schon ganz aufgeregt. Deswegen geht es mit Mathe ziemlich langsam. Ich kann mich nicht konzentrieren. Als es ausgeschlossen ist, dass er noch kommt, und wir ins Bett gehen, frage ich sie nach ihm. Irgendein Problem gibt es, das ist klar. Warum lädt sie ihn nicht ein, wenn sie zusammen sind und ihre Mutter verreist ist?

Vielleicht ist es ja inzwischen aus mit ihnen?

Ich frage sie, ob mit Dennis alles okay ist, aber sie fängt an, sich die Zähne zu putzen. Will sie nicht antworten? Ich frage sie, warum sie mir nicht erzählt hat, dass sie schon einmal mit Dennis zusammen war.

Sie spült sich den Mund und spuckt das Wasser ins Becken, aber eine Antwort auf meine Frage spuckt sie nicht aus, sondern sagt, dass sie ihn liebt. Und dann fügt sie diesen seltsamen Satz hinzu, dass sie es deswegen hingenommen hat.

»Was hingenommen?«, frage ich, denn ich habe keine Ahnung, was sie meint. Wenn sie es erzählen will, wird sie es bestimmt tun. Wird sie?

Fehlanzeige. Sie sagt nichts. Keinen Ton. Sie legt sich ins Bett und glotzt an die Decke. Es ist total langweilig bei ihr. Ich setze mich an den Tisch und schreibe.

»Was schreibst du da?«, fragt sie nun.

Sie hat dieselben Stabilo-Stifte wie ich. »Ich beobachte, wie sich meine Hand bewegt«, sage ich.

»Ich war echt verknallt«, sagt sie leise. »Ich glaube, ich will das irgendwie verdrängen oder einfach nicht wahrhaben.« Ich drehe mich um. Sie hat die Decke bis zur Nase hochgezogen.

Ich wende mich wieder meinen Kritzeleien zu. Was redet sie?

Mein Magen zittert, so aufgeregt bin ich. Was will sie mir sagen? Ist das ein Ablenkungsmanöver, weil sie mich verarscht und hintergangen hat?

Gestern habe ich beobachtet, wie Dennis und sie gestritten haben. Die Einzelheiten konnte ich nicht verstehen.

Axel und Dennis gehen oft zusammen auf Partys oder skaten. Er erzählt mir immer, was er mit Dennis erlebt. Zum Beispiel wenn sie im Bus sitzen, weil Axel und Dennis und die anderen ins Einkaufszentrum wollen. Dennis setzt sich dann neben ein Mädchen, und wenn der Bus in die Kurve geht, schaukelt er ganz nach rechts oder ganz nach links und lehnt sich an sie. Er sagt, das ist die Schwerkraft. Er kann nichts dagegen tun. Und tut auch nichts dagegen. Solche und andere Storys erzählt mir Axel. Meint sie das mit »hingenommen«?

Rosi liegt im Bett und rührt sich nicht.

»Was hast du? Jetzt red endlich«, fordere ich sie auf.

»Er hat Sachen mit mir gemacht, die ich nicht will. Deshalb habe ich Schluss gemacht.« Sie flüstert.

»Was hat er getan?«

»Du bist die einzige Person, der ich's erzählen würde.«

»Was hat er getan?«

»Er hat mich eingesperrt. Hat dann gesagt, ich darf nur raus, wenn ich mit ihm was mache.«

»Rosi, was du erzählst, ist Scheiß. Dennis hat mir eure Geschichte erzählt, und ich glaube dir kein Wort. Ich geh jetzt nach Hause. Du bist mir zu doof.«

Das glaub ich echt nicht. Die kann mich mal. Lügt, wenn sie den Mund aufmacht.

Montag, 2. Juni

Habe am Wochenende immer wieder an Rosi gedacht. Sie lag so traurig im Bett, als ich am Freitag plötzlich abgesaust bin. Vielleicht hätte ich doch lieber bei ihr bleiben sollen? Wir sind doch schon unser ganzes Leben lang Freundinnen. Sie sah so verloren aus.

Donnerstag, 12. Juni

Morgen ist der letzte Schultag vor den Sommerferien. Wo wird Rosi in den Ferien sein? Sie hat nichts gesagt. Mit Dennis? Ich fahre zu Papa. Das Gute ist, dass meine Freundinnen Steffi und Sofie ihre Ferien auch auf Ibiza verbringen werden. Wir haben uns schon verabredet. Mit Rosi rede ich kein Wort mehr, und irgendwie tut es weh, dass ich mich so in ihr getäuscht habe.

Freitag, der Dreizehnte

Heute wollte keiner mehr lernen, deswegen hat Herr Garcia, der Lateinlehrer, uns Vokabeln für die Ferien aufgegeben. Er sieht aus wie dieser Pornostar aus Mannis Filmen.

Nach der Schule stehe ich noch ein bisschen auf dem Vorplatz herum. Ich halte Ausschau nach Dennis. Wieso kann ich nicht aufhören, an ihn zu denken, obwohl er sich aus mir offensichtlich nichts macht? Vielleicht ist er schon weg.

Nein, ist er noch nicht, er kommt gerade mit seiner Gang heraus. Lino hält wieder mal große Reden, und zwei andere versperren Dennis' Sicht auf mich. Er geht in der Mitte. Lässig. Cool.

Plötzlich taucht Leona auf. Rosi nennt sie nur noch »unser Schulvamp«. Kürzester Rock und Stöckelschuhe. Sie wedelt mit den Armen, so doll, dass sie fast umknickt. Und kreischt. Wie immer.

Dennis' Truppe ist schon abgeschwenkt Richtung Busplatz. Leona holt sie aber ein. Sie schiebt Lino und Tobias beiseite. Sie stellt sich direkt vor Dennis, ich kann aber nicht hören, was sie sagt, oder er antwortet. Die Jungs lachen, einer tippt ihr an den Kopf, ein anderer will sie von hinten umfassen. Plötzlich prügeln sich zwei. Ich glaub's nicht, sie boxen sich! Und Dennis ist einfach ganz cool weitergegangen.

Wieso sind die Jungs andauernd so aggressiv? Das ist ja zum Totlachen. Die schlagen sich jeden Tag die Birne ein.

Leona scheint das zu freuen. Sie grinst, sieht mich und kommt auf mich zugestolpert. Sie hat mit Dennis gesprochen. Ich hasse sie dafür!

»Was machst du denn in den Ferien?« trötet sie.

Ich antworte nicht, dreh mich um und schieb ab Richtung *home*. Fangen ja geil an, die großen Ferien. Aber so ist das oft: Man freut sich auf etwas, und dann ist es nix. Ist mir egal. Ferien oder Schule. Von mir aus könnte die Schule weitergehen, wär mir auch egal. Total egal. Ehrlich. Auch Leona. Egal, was er zu ihr gesagt hat.

Leona nimmt jeden, gut. Ich habe keinen, auch gut. Das nehme ich den Jungs nicht übel. Im Gegenteil, ein Junge ist eigentlich praktisch. Wenn man Probleme hat. Er hilft, er ist für einen da, er unterstützt einen. Auch seelisch. So etwas brauche ich jetzt. Das nenne ich eine feste Beziehung. Doch alle Jungs wollen im Moment von mir nur Tralala. Sie wollen rumflirten und rumspielen. Ich will aber eine feste Beziehung. Wenn es einen Jungen gibt, der mich wirklich liebt, der das Gleiche sucht, und der meinen

Forderungen entspricht, der soll sich bitte melden. Wenn er nett und lustig ist, wenn der Charakter stimmt, wenn ich mich gut mit ihm verstehe und er gut aussieht. Dann okay, baby boy.

Wenn er aber zu den Jungs gehört, die immer ihre tollen Hengstwitze machen, vergiss es.

Montag, 16. Juni

Mama und Manni bringen mich zum Airport. Ich hatte mich entschieden, zu Papa nach Ibiza zu fliegen. Justin wollte nicht mit. Als Grund hat er aber angegeben, dass er mit seinem Freund und dessen Eltern nach Sylt fährt. Die haben eine Wohnung in Kampen.

Zum Glück bin ich ihn für eine Weile los, und ich freue mich auf Ibiza. Besonders auf Sofie und Steffi. Natürlich auch auf Papa.

Mama und Manni stehen in der großen Halle und winken, als ich durch die Sicherheitskontrolle verschwinde. Sie haben für Papa keinen Gruß bestellt. Warum eigentlich nicht? Er gehört doch zur Familie.

Vielleicht, weil sie so klein sind und er so groß. Er ist nämlich so groß wie mein Bruder. Aber das sieht man nicht, denn er geht krumm. Er ist vierundsechzig Jahre alt und könnte mein Opa sein. Aber er ist mein Vater. Früher war er dunkelblond, jetzt hat er weiße Haare.

Als seine Mutter starb, bekam er einen Tinnitus. Das ist ein Ton im Ohr.

Zum Schreiben setzt Papa sich in immer andere Winkel. Er zieht richtig gehend herum im Haus.

Mama hatte immer Angst, wenn er seine Augenbrauen hob. Sie verstand ihn nie. Das verstehe wiederum ich nicht. Ich finde es einfach mit ihm. Und lustig. Bis auf manchmal. Er ist eigentlich total verrückt. Er hat eine Schraube locker. Mama sagt, sie hatte Angst, weil sie gerade achtzehn war und ihr Abitur machte, als sie mit Justin schwanger wurde.

Papa holt mich wie immer vom Flughafen ab. Er winkt, als er mich sieht. Er ist leicht gebräunt, auch seine knollige Kartoffelnase. Ich finde, er ist eine Kartoffel. Auf jeden Fall redet er viel, isst viel, belehrt viel, trinkt viel Tee, springt viel auf und wedelt mit den Armen.

Dienstag, 17. Juni

Ich muss mich erst mal wieder eingewöhnen in Ibiza. Früher war Papa ein sehr lebhafter Mensch, doch mittlerweile ist es ihm zu viel, dass seine Gefühle mit ihm so herumspringen. Sagt er. Er hat große Füße, und wenn er das von seinen Gefühlen sagt, denke ich, dass seine Gefühle so große Füße haben wie er selbst. Mit den großen Füßen geht er im Winter einmal pro Tag in die Sauna, denn im Winter friert er.

Sein Lieblingskuchen ist Frankfurter Kranz und sein Lieblingsgericht Königsberger Klopse. Er lacht mehr als andere und nimmt sich gerne Zeit, zwischen seinen Sätzen ein bisschen nachzudenken.

Er kümmert sich um Justin und mich. Ich denke, er genießt die Zeit, wenn wir da sind, obwohl er viel arbeitet. Außerdem interessiert er sich für die Buddhisten, ihre Lebensart und Kultur.

Er sagt, er bereut nichts im Leben, aber ich glaube, es gibt irgendetwas, das er tief bereut. Reue bringt die gute Ordnung im Menschen zum Einsturz, und mir kommt es vor, als wenn bei ihm ständig alles einstürzt. Er regt sich nämlich oft auf. Vielleicht weil er Angst hat, vielleicht weil er Wut hat, vielleicht weil er fröhlich ist und eine aufgeregte und wilde Art hat, das zu zeigen. Oder weil er etwas tief bereut.

Seine Beziehung zu Justin hat sich verbessert, denn Justin ist ihm gegenüber offener und lockerer geworden. Ich denke, das liegt an Papas Erziehung und Justins Entwicklung. Aber trotzdem hält Justin Papa für einen schrecklichen Mann. Das ist er nicht. Er ist ein lieber Mann. Nur leider sehr stur. Wenn ich etwas sage, das ihm nicht passt, ist es *falsch*. »Das ist nicht richtig«, sagt er dann. Das macht er bei Anna auch. Sie hasst das. Wenn er raus ist, sagt sie zu mir: »Richtig, richtig ist nicht wichtig, richtig ist ganz flüchtig.« Ich habe das einer Freundin von Papa erzählt, und die hat gesagt: »Anna ist auf der Beziehungsebene, und er redet auf der Sachebene.«

Manchmal hat er keine Empathie für andere oder für mich. Dann brüllt er mich an. Obgleich ich mir einfach nur wünsche, dass er mich versteht oder verstehen will oder mich unterstützt.

Es ist nicht leicht mit ihm. Er sagt, er stellt keine Bedingungen an uns, außer, dass wir uns regelmäßig melden und sagen, wie es uns geht. Warum ist er dann so böse? Okay, vielleicht mache ich vieles falsch, oder ich tue Dinge, die ich gar nicht tun möchte.

Wie zum Beispiel bei diesem Ding, das ich mal auf Ibiza vergessen habe, diesem Wechseldatenträger. Es ist ja nicht so, dass ich ihn vergessen wollte, damit ich mir Ärger einhandele. Im Gegenteil, ich habe mir die Wochen auf Ibiza echt Mühe gegeben. Ich habe versucht, alles richtig zu machen, habe mich angestrengt, mich zu konzentrieren, mich selbst zu beobachten, meine Spannungen hinzunehmen. Doch sobald ich eine kleine Sache verhaue, ist er sauer. In diesem Fall war es eine große Sache, weil dieser Wechseldatenträger ihm so wichtig ist.

Am besten wäre es, wenn er wegen des Wechseldatenträgers gesagt hätte, oh, das ist scheiße, du musst dich mehr konzentrieren. Wenn er mich belehrt hätte, wie er es sonst immer tut. Er belehrt einen sonst ja dauernd. Laufend. Also warum diesmal nicht? Belehren tut nicht weh, und man lernt was daraus. Zumindest ich. Aber dadurch, dass er nichts gesagt hat, einfach nur: »Ja, ich bin am Ende meiner Geduld mit diesem EDV-Ding«, ist die Luft stehen geblieben. Ich glaube, er ist einfach nur ganz doll enttäuscht von mir, weil ich den Wechseldatenträger vergessen habe. Obwohl ich versuchte, mich zu konzentrieren, um nichts zu vergessen.

Ich wüsste nicht, wie er sich noch bessern könnte – als Vater, meine ich. Natürlich, er könnte lernen, seine Spannungen besser hinzunehmen. Ich habe mich an die Art, wie er uns erzieht, schon gewöhnt.

Er gibt alles an mich weiter, und das sind gute Erfahrungen. Er tut alles, damit wir lernen, wie wir unser Leben leben, wie wir lernen, unsere innere Welt und die äußere Welt immer besser zu begreifen, uns immer sicherer darauf einzustellen und so »ein Eiskunstläufer des Lebens« zu werden, wie er es nennt. Erst in der Pflicht und dann in der Kür.

Er ist natürlich kein perfekter Vater, ehrlich nicht, aber ich würde ihn mit keinem anderen tauschen. Ich habe ihn als Vater sehr lieb.

Mittwoch, 25. Juni

Heute Morgen bin ich gegen halb zehn aufgewacht. Ich bin ins Wohnzimmer gegangen und hab Papa getroffen. Er predigte mir gleich, wie ich mein Zimmer halten soll. Zugegeben, mein Zimmer, das sah wirklich schlimm aus.

Später hat Sofie angerufen, weil wir nach einem Bikini suchen wollten. Wir haben so Wollbikinis angesehen. Das tragen die ibizenkischen Mädchen hier. So Naturwolldinger, Baumwolle oder so was, so rastamäßig, also bunte Farben, Bob-Marley-mäßig. Den einen fand ich gut. Aber das Oberteil war schlecht gehäkelt. Zwölf Euro für den Mist? – Papa hat mir dafür übrigens fünfzig Euro geschenkt, wofür ich sehr dankbar war, aber letztendlich hab ich's dann nicht ausgegeben.

Danach waren Sofie und ich noch was trinken. Anna hat uns von dort abgeholt und Sofie nach Hause gefahren. Mit ihrem Twingo.

Den Twingo hat Anna gegen ihren Mazda eingetauscht. Wie kann sie nur! Der Twingo ist so schlimm. Ich hasse ihn wirklich. Er stinkt, er ist eng, er ist klein, und ich schwitz da drin ganz schrecklich. Im Mazda hätte ich vielleicht auch geschwitzt, wegen der Hitze, es ist nämlich derbe warm hier, aber der Mazda war einfach geil. Hat geruckt und gerockt.

Freitag, 27. Juni

War zu Hause und hab gelesen. Später sind Papa und ich schwimmen gegangen. Wir gehen immer in dieselbe Bucht bei Santa Eulalia. Das Wasser ist klar und wellig. Eine Steintreppe führt hinein, ein paar Stufen im Fels. Papa hat mir gezeigt, wie ich so schwimmen kann, dass mir nicht jedes Mal Wasser ins Gesicht platscht. »Walle mit den Wellen«, hat er immer gerufen. Also gut: Wenn eine Welle kommt, atme ich aus und walle so mit, als wär ich Teil der Bewegung.

Das nächste Mal nehm ich eine Taucherbrille mit.

Sonntag, 29. Juni

Heute hat Papa sich aufgeregt, dass ich immerzu mit meinen Freundinnen telefoniere. Das war echt daneben. Was soll ich denn machen? Er wollte mich nicht nach Santa Eule fahren, also musste ich absagen.

Abends hat er sich dann entschieden, dass wir zu *Nina's* gehen. Das ist das Restaurant von Nicole. Ihre Tochter heißt Nina, und deshalb hat sie das Restaurant *Nina's* genannt. Da haben wir was gegessen. Salat mit gebratenen Lamm-Dingens in einer Blätterteigmuschel. Als Nachtisch Schokoladeneis. Auf dem Rückweg dann die Sensation: Cappy! So cool. Ich liebe ihn. Er ist witzig. Wir kamen aus dem *Nina's*, gingen zum Auto, und ich merkte, dass mich der Typ mit der roten Kappe die ganze Zeit anstarrte. Und er war so heiß. Unglaublich. Ich hab zurückgeflirtet. Zweimal sind wir bei ihm vorbeigefahren mit 'm Auto, weil wir wenden mussten. Wär ich mit meinen Freundinnen da gewesen und nicht gerade mit Papa, hätte er mich klarmachen wollen. Logisch.

Im Vergleich ist es in Berlin echt langweilig. Denn da kann man nicht flirten. Es geht einfach nicht. Wir werden vielleicht in Berlin auch als vierzehn oder fünfzehn angesehen, obwohl wir erst dreizehn sind, aber flirten ist da einfach ausgeschlossen.

Obwohl ich schon alles tue. Zum Beispiel sag ich Mama immer, ich übernachte bei 'ner Freundin. Ich sag, ich bleibe bei Jeka, und ich übernachte auch bei ihr. Dann kann ich mit ihr immer noch so bis elf, zwölf ausgehen. Aber flirten? Nicht wie in Ibiza.

Dienstag, 1. Juli

Ich hab zweimal mit Cappy gesprochen!! Er kann ein bisschen Englisch. Vielleicht sollte ich auch Spanisch lernen. Aber Englisch ist so ’ne World-United-Sprache, von daher würd’ ich mal sagen: »Cappy, lern Englisch.« Auf jeden Fall ist er richtig süß. Das erste Mal, als ich ihn getroffen hab, war ich mit Sofie unterwegs. Sofie ist ziemlich cool. Ihre Eltern sind reich, und sie haben hier ein schönes Anwesen. Sofie ist so ’n Tomcat. Das bedeutet, dass sie sich mehr wie ’n Junge kleidet, aber voll das kleine Mädchen ist. Sie hat’s voll drauf. Ich liebe ihren Style. Sie ist sehr hübsch, und auf Ibiza kennt sie jeden. Und jeder kennt sie.

Wir waren heute am Strand und haben Beachvolleyball gespielt. Gegen Abend hab ich Papa angerufen, damit er mich abholt. Und da kamen grad die Jungs. Cappy – so nennen wir ihn, weil er immer ’ne rote Kappe trägt – und Blondi, sein bester Kumpel, mit den blond gefärbten Haaren. Einige andere Typen waren auch noch dabei.

Cappy fand mich cool und Blondi auch. Mit Cappy habe ich gesprochen. Er wollte wissen, aus welchem Land wir kommen. Wir geben immer vor, dass wir alle vierzehn sind und hier leben. Das mach ich immer so: »No, I’m sorry. Entschuldigung, aber ich lebe hier. In Jesus.«

Und dann meinte er so: »In welchem Hotel in Jesus?«

Und ich so: »Nein, nein, ich *lebe* hier. I *live* here.«

Er war ganz durcheinander. Aber dann hat er es doch geschnallt. Wir sehen für ’n Spanier natürlich total touristenmäßig aus. Was willst du auch erwarten? Können kein Spanisch und dann noch unseren total anderen Style, ist ja klar. Es war so geil. Ich hab es geliebt. Blondi blieb ein bisschen eifersüchtig im Hintergrund. Cappy hat ihn weggestoßen, und Sofie hat mich weggezogen. Weil sie es peinlich fand, dass ich ihm meine Telefonnummer zusteckte. Egal, wir mussten sowieso gehen. Das war mein erstes Treffen mit Cappy.

Freitag, 4. Juli

Cappy hängt immer mit Mädchen rum. Es ist ... mein Gott, ich weiß nicht, wie er es macht, aber er hat immer Mädchen um sich. Also wirklich. Er ist einfach der geilste Typ. Und dass wir 'n paar Momente zusammen hatten – oh, das ist wirklich cool. Dafür möchte ich der Jungfrau Maria danken. Und Jesus aus Jesus.

Die Jungfrau lächelte meinem Schicksal zu und ließ mich Cappy wieder sehen. Von weitem leuchtete mir die rote Cappy entgegen. Doch da war nichts. Wir haben nicht mal geredet. Ich habe mich nur lächerlich gemacht, weil ich irgendjemand nachgeäfft habe – Jeka, glaub ich. Es war so witzig, weil ich aussah wie 'ne Gestörte, und exakt in dem Moment kommt Cappy mit seinen Kumpels vorbei. Wie peinlich! Meine Freundinnen haben sich alle geschämt.

Mittwoch, 9. Juli

Fast ganz Santa Eulalia kennt mich inzwischen. Besonders die Mädchen. Ich glaube, die wollen mich alle verprügeln. Die Jungs achten mehr auf mich, weil ich ein Touristenmädchen bin. Ich bin eben eine Neue.

Man hat mal ein Experiment gemacht: Gleiche Anzahl von männlichen Mäusen und weiblichen Mäusen in einem Käfig. Zuerst haben sie ganz viel Sex gemacht, dann weniger und dann noch weniger, und irgendwann blieb es so. So nach dem Motto: Jeden Mittwoch und Sonntag. Dann haben sie eine neue Mäusefrau dazugetan, und wieder ging's los. Wie zu Anfang.

Ich bin in Santa Eulalia also die neue Mäusefrau.

Sonntag, 13. Juli

Ich sitze auf dem Dach. Es ist Vollmond, und heute ist der Dreizehnte. Genau. Der 13. Juli 2003. Ich war schwimmen mit Papa und dann essen, und dann haben wir Nachrichten gesehen. Er nervt immer, ich soll Nachrichten gucken.

Es gab keine Nachrichten, außer auf MTV. Sie berichteten da, wie die Superstars Superstars geworden sind. Schon als Kinder in der Schule. Sie zeigten Videos, wie sie auf Schulbühnen tanzten oder sangen und dann ihren ersten Grammy kriegten.

Dann kam, wer in den Achtzigern top war, A-ha,

New Order, Lonely Heart, echt nicht mein Ding. Das ist was für Papa. Der hat in der Küche immer einen Radiosender laufen mit Musik aus den Achtzigern.

Danach brachten sie Jamelia mit so'm roten Trägerkleid, ganz kurz, so dass man bei ihren Sexbewegungen ihr Dreieck sehen konnte. Dabei strich sie sich mit den Händen abwechselnd über ihre Brüste und leckte mit der Zunge ihre Lippen. Ihr Dreieck war natürlich nicht in echt, ich meine, sie hatte noch einen durchsichtigen Bodystocking an. Auf jeden Fall ist die nicht mehr unschuldig wie ich, dazu hat sie zu wissende Augen. »Darin sehen die Männer die Welt des Sex«, sagte Jeka, als ich ihr das am Telefon erzählte.

Wenn Papa Nachrichten sagt, meint er natürlich nicht diese Berichte, sondern so was wie im Ersten oder Zweiten oder auf n-tv oder CNN. Drum habe ich schnell weitergezappt, als er reinkam, und landete auf *Explosiv* oder *Exklusiv*. Irgendwie sind das ja auch Nachrichten, oder?

Ich sitze noch immer auf dem Dach. Der Sternenhimmel hat sich gedreht, und es ist ungeheuer still. Kein Laut, kein Wind, kein Hauch. Früher haben wir Silvester Silber gegossen. Eigentlich Blei, aber sah aus wie Silber. Jedenfalls liegt das Mondlicht wie ausgelaufenes Silber im Pool.

Hier sollte ich mit Dennis sein. Dennis. Dennis. Dennis.

Keine Ahnung, warum ich jetzt plötzlich an ihn denken muss. Ob Papa etwas dagegen hätte? Warum eigentlich? Wir wären nicht in meinem Zimmer, wir wären hier über dem Meer, den Hügeln, den Palmen und dem Pool. Er bräuchte keine Angst zu haben, dass er mich gleich flachlegen will.

Dienstag, 15. Juli

Heute hab ich mal wieder keine Nachrichten gesehen. Auch sonst habe ich nicht viel über die Welt herausgefunden.

Papa und ich haben Gabriella am Flughafen abgeholt, eine Bekannte von Papa aus Buenos Aires. Mit ihr war ich später in Santa Eulalia – Schmuck gucken. »Schmuck«, sagte sie, »Schmuck liebt eine Frau. Hast du keinen Schmuck?«

Und so bekam ich geile neue Ohrringe. Mit so'm Cannabis-Zeichen drauf. Ich sammle nämlich Cannabis-Zeichen. Das ist mir todwichtig. Ich rauche zwar nicht, aber ich sammle Cannabis-Zeichen. Ich finde einfach die Pflanze schön. Papa liebt Rosen und ich Cannabispflanzen. Bin ich ein Opfer der Rauschgiftpropaganda? Gras ist geil? Oder *weed*, wie es bei uns in der Schule heißt. Warum denken alle Leute gleich, dass ich kiffe, nur weil ich das Zeichen gerne mag? Manche Lehrer sind der Überzeugung, nur weil ich ein *weed*-Käppi hab, ein *weed*-Zeichen auf meiner Schultasche, *weed*-Kette, *weed*-Ohrringe, rauche ich. Okay, ich hänge manchmal mit *weed*-Freunden ab. Viele von meinen Freunden ziehen eben durch. Aber die würden mich niemals dazu anzustiften. Es wäre gemein. Richtig fies. Sie wissen, dass Kiffen schlecht ist.

Ich hab's auch noch nie probiert.

Nach dem Schmuckeinkauf waren Gabriella und ich essen, waren schwimmen, haben so rumgetrödelt in Santa Eulalia. Es war richtig schön. Ich liebe es, ihr zuzuhören. Sie meint, ich sei ein Indigo-Kind. Indigo – das sind Kinder, die nach 1987 geboren sind. Indigo-Kinder können zum Beispiel die Aura anderer spüren. Sie haben eine Begabung für spirituelles Lernen. Sie sind sich ihrer Gefühle leicht bewusst und lieben auch ihre unangenehmen Gefühle. So wie eine gute Mutter auch ihre hässlichen Kinder liebt. Gabriella hat zum Teil indianisches Blut, darum kennt sie sich da aus. Sie war außerdem eine Schülerin von Carlos Castaneda, der über den großen weisen Indianer Juan geschrieben hat.

Auf dem Rückweg zum Auto habe ich ein paar Jungs gesehen. Die waren vielleicht siebzehn oder achtzehn und haben mich angestarrt. Und dann habe ich gelächelt. Innerhalb von fünf Sekunden haben sie mich eingeladen. Gewunken, dass ich kommen soll. Gabriella hat gelacht und zurückgewunken. Ich nicht. Ich bin cool geblieben. Ich spüre das Klopfen meines Herzens. Gabriella spricht nicht davon, wie heiß die spanischen Jungs sind. Bemerkt sie das nicht? Unglaublich. Sie waren so gut aussehend. So *richtig* sexy. Solche will man auf keinen Fall verpassen. Nächstes Mal werde ich mit meinen Freundinnen hier wieder spazieren gehen und dann sofort hingehen.

Freitag, 18. Juli

Nach dem Aufwachen dachte ich an Mama. Immer öfter denke ich jetzt an sie und Justin. Ja, sogar an ihn. Großes Frühstück mit Papa. Wir essen draußen. Ganz unvermittelt sagt er, er will mal mit mir über das Thema Sex sprechen.

Ich verwundert: »Nö, wieso? Ich hab keine Lust, mit dir über Sex zu reden.«

Und er so: »Wieso denn nicht?«

Ich dann: »Ja, über so was redet man nicht mit seinem Vater. Wieso soll ich mit dir über Sex reden? Das find ich irgendwie komisch.«

Ich weiß nicht, wie das andere sehen, aber ich fand's komisch. Ist doch ungewohnt. Ich rede jedenfalls nicht so gerne mit meinen Eltern über Sex und Sexgeschichten. Ich bin sowieso aufgeklärt. Wenn er mich aufklären will, kommt er ein bisschen zu spät. Ich weiß eigentlich schon alles seit der Vierten.

Und so fängt er auch an. »Du bist doch aufgeklärt?«

Und ich so: »Ja klar. Gut, dass du fragst. Ja, ich bin aufgeklärt.«

Und er dann: »Gut.« Er weiß erst mal nicht weiter und reibt sich mit beiden Händen den kurz geschorenen weißen Kopf. Ich frage mich, ob er wohl noch einen Satz herausbringt. Ja … doch … seine Lippen bewegen sich. »Ich möchte dann noch hinzufügen, dass Sex während der Schulzeit nicht so gut ist.«

»Warum nicht?«

»Man wird so leicht abgelenkt.« Er hustet. (Hustet er noch so einen Hit-Satz?)

Und ich: »Ach so, ich bin ja so 'n Leutetopf und werde ja sowieso immer von allem Möglichen abgelenkt.«

Und er: »Ich möchte dir ein Angebot machen.«

Darauf ich so: »Aha, ich höre.«

Und er: »Ja also, wenn du, bis du mit der Schule fertig bist, achtzehn oder wann auch immer, keinen Sex hast, dann schenk ich dir ein Auto. Ein Auto deiner Wahl.«

Ich antworte nur verdutzt: »Aha, okay. Toll. Cool. Okay, gut.« Ich war halt verdammt verwundert.

Mittlerweile hab ich mir das natürlich durch den Kopf gehen lassen. Ich habe drei Optionen:

Die erste wäre, Sex haben, wann ich will, ihn anzulügen und das Auto zu kassieren. Hätte ich früh Sex und früh ein Auto. Eine gute Sache.

Die zweite Möglichkeit wäre, okay, ich lüge nicht, habe Sex, kassiere aber kein Auto. Könnte ich auch machen. Wahrheit gegen Auto. Auch eine gute Sache.

Oder ich habe keinen Sex und kassiere das Auto. Wahrheit gegen Sex. Wäre es am besten, ich werde während der Schulzeit nicht von Sexgedanken abgelenkt? Obgleich ich mich frage, ob das stimmen kann, denn Gedanken hat man ja trotzdem. Wie könnte Sex mich eigentlich ablenken? Dass ich Sex habe an einem Abend, an dem ich lernen sollte? Da könnte man es aufs Wochenende verschieben. Und überhaupt, warum sollte Sex einen so großartig ablenken, wenn andere Sachen einen auch verführen können?

Das war mein Gegenargument. Später fragte ich ihn noch mal. Ich wollte ihm eine Chance geben. Seine Antwort war so: Abgelenkt wird man, ja, das ist wahr. Gedanken kommen, wie sie wollen. Und Gedanken gehen, wenn andere kommen oder der Schlaf. Wenn ich aber manche Gedanken festhalte, weil ich mir davon mehr Vergnügen verspreche, und versuche, andere auszusperren, weil sie mir unbehagliche Spannungen erzeugen, verliere ich die Balance. Meinte er. Wenn mir dann die festgehaltenen Gedanken, also die lustvollen, meine Handlungen diktieren, fängt mein ganzes Haus an zu wackeln. Kompliziert, gelle? Er rät mir, keine Energie in die Gier nach Vergnügen und Glück zu geben, die Gier nur zu beobachten, wie eine krabbelnde Fliege. Sich nicht von der Gier zum Handeln treiben lassen. Sonst wackelt das Haus.

Na ja, bislang wackelt noch nichts.

Das Auto reizt mich schon. Natürlich möchte ich ein Auto haben und es nicht finanzieren müssen. Das ist viel praktischer, als einen Sack voller Geldprobleme mit sich herumzuschleppen. Besonders, wenn man ihn selbst tragen muss, weil man kein Auto hat. Wenn ich studiere, könnte ich mit dem Auto zur Uni fahren. Und hupen. Und so weiter. Der Nachteil aber wäre, ich könnte die Erfahrung mit dem Sex nicht früher machen. Nicht mit Dennis, wenn ich nach Berlin zurückkomme.

Andererseits könnte es ein Vorteil sein, wenn ein Junge will und ich nicht will. Ich kann ihm dann sofort sagen: »Nein, ich will das Auto.« Das wäre leichter für mich. Die Typen stehen ja alle echt auf Auto. Also scheint mir die dritte Variante am besten.

Papas Haus kann man nur im Auto erreichen und verlassen. (Da sieht man, wie wichtig ein Auto ist.) Du sitzt da, alles ist wunderschön, aber du kannst nicht weg. Er sagt, im Haus ist alles da. Essen, Trinken, Bett, Sonne, Pool, Sportraum, Bücher, Teiche mit Zierfischen statt Fernsehen. Sitzkissen zum Meditieren. Einen Fernseher in seinem Zimmer für die Nachrichten. Alles klar? Was will man mehr? Geselligkeit? Die Geselligkeit mit Papa beschränkt sich auf ein philosophisches Gespräch beim Frühstück und eins beim Dinner und Smalltalk beim Zubereiten des Essens. Die Gespräche mit ihm sind so konzentriert, dass ich zum ersten Mal Sehnsucht nach Matheunterricht hatte. Als ich am Anfang der zwei Monate ankam, wollte ich für immer zu ihm ziehen und auf Ibiza zur Schule gehen. Ich hatte keine Lust mehr auf Mama und Justin, aber nach sechs Wochen ist meine Sehnsucht nach ihnen riesengroß.

»Ich will nach Berlin zurück«, eröffne ich ihm daher.

»Wann?«, fragt er ruhig.

»Morgen.«

»Warum?«

»Ich halte meine Sehnsucht nach Mama und Justin nicht mehr aus.«

»Ist das ein schlechtes Gefühl?«

»Ich weiß nicht. Es ist ziemlich stark.«

Und jetzt er: »Können dein Geist und Verstand sich ihm gegenüberstellen und dieses Gefühl wohlwollend ertragen und erfahren?«

Versteht ja kein normaler Mensch, oder? Er meint damit, ob ich gezwungen bin, mich von diesem Gefühl ganz beherrschen zu lassen, sodass dieses eine Gefühl auch den Verstand beherrscht und damit die Entscheidung zum Handeln. Der Verstand müsste dann dafür sorgen, dass das Ticket umgeändert wird, dass ich meine Sachen packe, dass Papa mich zum Airport fährt und Mama oder Manni mich in Tegel abholen. Wenn dieses eine Gefühl dann vergangen ist, weiß man gar nicht mehr, warum man all diese Dinge getan hat, behauptet er. Und dann kommt ein anderes Gefühl, das will das Gegenteil: Sehnsucht nach Cappy und nach Ibiza. Also sagt Papa, man soll das aufrührerische Gefühl freundlich betrachten, mit ihm reden, fragen, was es will, und sich daran erinnern, dass man auch noch andere Gefühle hat, die auch wollen, dass man tut, was sie wünschen.

Also, was macht er? Er schlägt vor, dass wir uns beide aufs Bett legen, schön entspannt, und ich dann meine Sehnsucht nach Mama und Justin befrage. Ich frage sie: »Was wird passieren, wenn alles so kommt, wie du willst, Sehnsucht?«

Wir liegen nebeneinander. Hören nichts außer dem plätschernden Brunnen im Innenhof. Nach einer Weile kommt die Antwort.

»Mama und Justin warten am Flughafen auf mich. Mama nimmt mich in die Arme und hält mich ganz lange fest und sagt, wie sie sich freut, dass ich wieder da bin und dass sie mich liebt. Ich lege meinen Kopf an ihre Schulter und weine vor Glück, und Justin wartet freundlich, dass Mama und ich uns loslassen und ich ihn umarme und auch begrüße.«

»Sagst du ihm auch, dass du ihn liebst?«

»Ja, das sage ich ihm. Und wie schön es ist, mit ihm Schach zu spielen. Und zu reden. Und zu streiten.« Dann musste ich lachen, und Papa lachte auch. Nach einer Weile fragte er mich, ob es auch das gegenteilige Gefühl gibt, also Angst und Enttäuschung, dass das alles nicht so sein könnte. Wir lagen eine Weile so da. »Ja, dass Manni mich abholt vom Flughafen und Mama gar nicht da ist und Justin zu Hause Videogames spielt und gleich ganz aggressiv ist.«

Papa fragte dann noch nach anderen Gefühlen, die allmählich auch kamen. Er hatte Recht, ich war voller Gefühle, aber manchmal dominiert eines, wie bei einer Theaterprobe, wo ein Schauspieler sich ganz in den Vordergrund stellt und alles an sich reißen will. Ich habe das in der Schule manchmal erlebt. Ich finde auch, dass es wichtig ist, wenn der Regisseur dann cool bleibt und sich nicht davon beeindrucken lässt. Der Regisseur, meint Papa, das bin ich, mein oberster Geist, die gute Mutter, die alle Kinder mag (die Wut, die Trauer, die Lust, die Gier, die Angst, die Freude, die Sehnsucht, die Liebe) und die das Gleichgewicht zwischen ihnen in der Familie immer wiederherstellt.

So also ging der Tag dahin. Dann habe ich noch auf dem Dach gesessen und alles aufgeschrieben. Ich esse heute nur Oliven und Kiwis, und wenn der Mond wieder da ist, werde ich noch auf dem Dach tanzen.

So, Ende und Punkt.

Der Mond ist schon eine weiße Scheibe am dunkelgrünen Himmel.

Hallo, da bin ich wieder. Während sich hoffentlich alle Welt gut beim Sex amüsiert hat, habe ich ein Lob von Papa kassiert, weil ich Nachrichten gesehen habe. Heute gab's Hühnergrippe. In Asien.

Nach den Nachrichten ein Anruf von Sofie, ob ich bei ihr pennen will. Es sind auch ein paar von unseren Freunden aus Berlin da. Auch Axel. Sie sagt, er bleibt nur bis morgen, dann muss er wieder nach Hause. Den möchte ich sehen. Hoffentlich nutzt mir jetzt Papas Nachrichtenlob.

Cool, er erlaubt es! Fahren will er mich aber nicht. Sofie sagt, sie schickt jemand, der mich abholt. Ihre Eltern sind in Madrid. Steffi ist da. Von Freunden ihrer Eltern sind noch zwei Brüder und ein Freund aus Los Angeles da, acht Jungs im Ganzen. Fünf oder sechs Mädchen von überall, die hier gerade auf der Insel sind, die ich aber nicht kenne.

Sofie wohnt hinter San Carlos. Von der Bucht aus kann man Tagomago sehen. Ein großes Eisentor geht auf. Als wir durch einen Palmenpark fahren, meint der Fahrer, dass es ein asiatischer Garten mit Wasserfällen, Teichen und Springbrunnen und japanischen Fischen ist. Überall leuchten verschiedenfarbige Lichter die Bäume hinauf.

Als ich aus dem Auto steige, kommt Sofie aus dem Haus und winkt. Sie hat eine Fernbedienung in der Hand, und plötzlich kommt Musik von überall. Aus den Bäumen, aus den Büschen, vom Dach und vom Himmel. Timberlake und Jackson. Ich muss ein paar Stufen zum Haus hinauf, und bei jedem Schritt gehen die Lichter für die Füße an. Echt abgefahren. Sofie hat ein durchsichtiges Kleid an. Krass. Wir umarmen uns.

»Hey, lange nicht gesehen.«

Alle hängen auf der Terrasse rum. Manche reden darüber, ob das Wasser aus dem Pool direkt in das Meer hinunterstürzt oder unten irgendwo aufgefangen wird.

Ich sage Hallo zu Steffi und Axel, aber die sind abgelenkt, weil auf der einen Wand ziemlich groß ein Film läuft. Ich werfe mich in einen Sessel, schlage die Beine über und glotze das Meer an. Der Himmel: violett, rötlich und blau, das Meer gelbgrün, langsam wird alles dunkler, aber das Glühen nimmt zu, als hätte die Erde auf der anderen Seite Feuer gefangen. Ich würde jetzt gerne tanzen, aber trau mich nicht. Sonst tanzt auch keiner. Die denken dann, ich will hier voll die Show abziehen.

Einer von den US-Typen kommt zu mir. Wir quatschen, und er erzählt mir, dass er gegen Bush demonstriert hat. Okay, Bush ist eben der *stupid man*. Ich mache ein Tanz-Zeichen, aber er denkt wohl, das ist *peace* oder *victory*. Er setzt sich, ich tanze. Ich bewege mich aber nicht besonders locker. Die anderen beobachten mich. Ich lass es lieber, setze mich neben ihn, und wir gucken ’n bisschen auf den Film.

Er berührt meinen Arm. Das ist okay. Aber dann versucht er, ganz woanders hinzufassen, also gaaanz woanders. Also ehrlich, ich hab ihn eben grade erst kennen gelernt, und er wollte zwischen meine Beine fassen, *stupid man*.

Ich finde, er sollte bemerken, wenn ein Mädchen das nicht will. Ich hatte meine Hand auf seine gelegt, und da war doch schon völlig klar, mehr bekommst du heute nicht von mir. Das hat er nicht geschnallt. Er wollte dann noch an meinen Busen, aber das wollte ich ebenso wenig. Nur hat er das auch nicht geschnallt.

Das würde mir mit Axel nicht passieren. Er behandelt Mädchen mit Respekt. Und man kann auch richtig gut mit ihm rumalbern. Er hat die Szene beobachtet und ruft, ob ich rüberkommen möchte. Das mache ich und schaue mit ihm den Film an. Wir haben dabei ganz lieb gekuschelt plus Händchen gehalten. Er hat mir auch ans Bein gefasst, und ich habe sein Haar im Nacken massiert. Ich weiß jetzt nicht, und das ist nämlich das Aufregende, ob er daraus irgendwelche Schlüsse zieht und denkt, die will was von mir und: Will ich was mit der anfangen? oder ob er meint, wir sind dicke Freunde, und es war einfach ein lustiger Abend.

Ich bin dann wieder auf die Tanzfläche.

Wenn ich tanze, habe ich jedes Gefühl. Hass, Trauer, Wut, Freude. Und ich tanze in Liebe. Beim Tanzen sind alle Gefühle schön.

Später saß ich dann wieder bei Axel. Er legte seinen Kopf in meinen Schoß. Ich war ganz entspannt. Bei ihm fühle ich mich wohl. Bei vielen Jungs fühle ich mich total unwohl und aufgeregt, aber bei ihm nicht. Dieses Gefühl von Sicherheit gefällt mir. Wir sprachen über das vergangene Schuljahr, und so nebenbei meinte er zu mir, wie ich das mit May und George fände.

»Was meinst du?«

»Na, dass George überall angibt, er hätte May flachgelegt.«

»Hat er das wirklich? May hat mir nix davon erzählt.«

»Keine Ahnung. Dennis hat mir das erzählt.«

Ich werde May fragen. Sobald ich wieder in Berlin bin.

Montag, 21. Juli

Heute zeigt das Thermometer um 9.30 Uhr fünfundzwanzig Grad. Ich frühstücke mit Axel, der danach zum Flughafen gefahren wird. Gegen Mittag knallt die Hitze Sofie und mich so an, dass wir eine Stunde lang auf dem Dach abrocken. Steffi liegt im Bett und friert.

Wir kochen fast über und brauchen Aircon und sehen auf dem großen Bildschirm einige Clips und vertrödeln den Tag. Dann rufe ich Papa an, dass ich noch eine Nacht bleiben will. Er ist aber wieder so stur. Er besteht darauf, mich heute Abend um zehn am Chicken Hut in Santa Eule abzuholen. Okay. Vielleicht war er auch schlecht gelaunt, weil er auf einen Anruf von Anna gewartet hat, der nicht kam. (Sie ruft ihn sowieso nie an.)

Mittwoch, 23. Juli

Ein paar Tage sind vergangen. Ich wohne wieder bei Sofie, und Cappy hat angerufen. Wir sind nach Santa Eulalia gefahren und treffen uns mittags und gehen schwimmen. Das Wasser ist klar, und wenn ich tauche, sehe ich seinen schönen Bauch. Ich piekse hinein, er strampelt, zappelt und schlägt weiße Bläschen in das blaue Wasser. Als ich auftauche, kommt er mir näher, aber ich schwimme ihm davon.

Später hat er mich geküsst. Am Strand.

Sofie war total aufgeregt. Immer wenn eine gute Freundin gerade einen Freund hat, ist man aufgeregt. Das ist so unter Mädchen. Wir werden hibbelig. Etwa so: »Oh, du hast 'n Freund! O mein Gott, o mein Gott, was machen wir jetzt?«

Und weiter so: »Wir müssen dich aufbrezeln, dein erstes Date ist bald, du musst deine Fingernägel lackieren, willst du nicht eine andere Frisur machen?«

Und Sofie ist da extrem. Sie war aufgeregter als ich.

Donnerstag, 7. August

So sind die letzten zwei Wochen in Aufregung vergangen. In Aufregung und Hitze. Alles nur, damit Folgendes passierte:

Wir haben Cappy oft getroffen, und ich habe ihn immer besser kennen gelernt. Wir sind eng zusammengewachsen.

Sofie ist in Santa Eulalia überall bekannt, denn sie hat sich mit ein paar spanischen Mädchen angelegt. Anfangs fanden sie mich noch ganz okay, aber jetzt hassen sie mich auch, wie sie alle Touristen und alle ausländischen Mädchen hassen. Wir wissen nicht, warum. Sie haben nämlich den Streit angefangen. Sie sind wie diese Mädchen aus dem Opernfilm *Carmen*: Sie kommen aus der Zigarettenfabrik, und dann hetzen sie gegen die Schönste, weil alle Typen auf sie scharf sind. Carmen ist der Untergang der Männer. Oder Sofie. Oder ich?

Samstag, 9. August

Am 8. Februar schrieb ich meinen sehnlichsten Wunsch in mein Tagebuch. Das war an meinem Geburtstag. Als der Tag vergangen war, habe ich es ausgestrichen. »Mein sehnlichster Wunsch«, kann ich da trotzdem noch lesen, »ist es, mit Papi shoppen zu gehen. Das würde mich so was von glücklich machen, das wäre einfach super. Es wäre das, was dieses Jahr perfekt machen würde. Einfach in die Läden gehen und genau die Sachen bekommen, die ich brauche. Ohne dass ich herumquengeln muss. Ich brauche ganz viele Tangas, Hosen (mindestens zwei). Ich brauche einen Pulli und T-Shirts. Ich bin so groß geworden. Stulpen, Turnschuhe, Ausgehschuhe. Dann ein etwas feineres T-Shirt und eine feinere Hose, einen feineren Rock zum Ausgehen, wenn ich mal mit Erwachsenen weggehe.«

Und heute ist es passiert. Heute hab ich ein paar wunderschöne T-Shirts, zwei Hosen, einen Pulli und einen Rock bekommen. Und zwei Paar neue Schuhe. Weil heute die Abschiedsparty für mich ist. Morgen reise ich nämlich ab. Ich bin total glücklich – jetzt nach der Einkaufstour. Papa hat nun Kopfschmerzen, aber er hat mir auch erlaubt, zu der ›Party vor der Party‹ bei Cappys Freunden zu gehen. Die Party vor der Abschiedsparty also. Abends um acht.

Er fährt mich schon nachmittags nach Santa Eule. Ich steige am Springbrunnen aus, und da warten die anderen auf mich.

Von dort ging's dann zur Party. Sofie war da und Steffi. Und viele Typen. Es war lustig, weil wir eigentlich alle Freunde waren. Ich saß auf Cappys Schoß, und er schmuste mit mir herum. Die Typen haben einen Joint durchgezogen, aber wir Mädchen waren alle zurückhaltend: »Nein danke.« Nur Sofie hat probiert. Als ihr schlecht wurde, war ich froh, dass ich das gelassen hatte.

Cappy und ich gingen in ein anderes Zimmer. Es war gelb gestrichen, überall brannten Kerzen. Die Kerzen waren auch gelb, und in der Luft lag ein besonderer Duft. »Offensichtlich mag er Düfte«, dachte ich. Viele Ibizenker haben Räucherstäbchen in ihren Häusern. Ich glaube, es hilft ihnen, sich zu entspannen.

Komischerweise waren die Kerzen schon angezündet, und ich wunderte mich, wieso. Ich habe Cappy aufs Bett gedrückt und mich über ihn gekniet und ihn geknutscht. Er hat mir zwischen die Beine gefasst, doch ich habe seine Hand gleich weggedrückt.

Dann hat er meine Hüfte angefasst. Das war okay. Er hat begriffen, dass ich das nicht will. Viele Typen gehen einfach weiter, was mir auf keinen Fall gefällt. Denen muss man erst mal »eine pfeifen«, bis sie begreifen, wo die Grenze ist. Das ist ein Ausdruck von May, nicht von mir. Sie lacht ihr höhnisches Lachen und sagt: »Man muss ihnen erst mal eine pfeifen, bis sie begreifen, dass ihre Steifen nicht der Maßstab sind.« Na ja, sie meint das so in HipHop-Art. Aber sie hat Recht. Auch ich habe das schon oft erlebt. Ich möchte nicht, dass irgendein Typ mich da anfasst. Tut er es, werde ich ihm eine pfeifen.

Cappy aber war ganz brav. Ganz lieb und ohne Worte. Zehn Minuten später haben wir uns über das Zimmer unterhalten. Er konnte ja Englisch, also war alles auf Englisch. In diese angenehme Stimmung platzte jemand herein. Es war einer seiner Freunde. Er fragte irgendetwas auf Spanisch.

»Was war?« Ich sah Cappy an und bemerkte winzige braune Punkte in seinen grünen Augen. Sah lustig aus. Ein Mini-Farbdefekt.

»Ach nichts«, meinte er achselzuckend.

Es roch brenzlig. Etwas schmorte. Ein paar Kerzen waren schon heruntergebrannt.

Wir haben wieder rumgemacht, und beim Rummachen öffnete ich seine Hose und holte sein Ding heraus. Er küsste einfach weiter, als ob er es nicht bemerkt hätte. Das fand ich schon irgendwie komisch. Und dann kam da so eine Stimme durch den Raum und ging richtig in meinen Bauch, bis hoch in den Kopf, und mir wurde fast schwindlig. Vorher dachte ich noch: »Leona würde Cappy jetzt einen blasen.« Aber die Stimme in mir war ganz laut, als wäre sie wirklich da – die Stimme von Mama, die sagte, dass ich das lassen sollte. Ganz schnell habe ich sein Ding wieder zurückgeschoben.

Zum Glück ist niemand reingeplatzt.

Ein bisschen haben wir noch rumgeknutscht und sind dann wieder zu den anderen gegangen. Sofie war gleich wie ein Papagei auf meiner Schulter: »Was ist los?« und »Was ist passiert?«

Ich habe nichts gesagt.

Sonntag, 10. August

Heute ist mein letzter Tag. Um 17:50 geht die Maschine. Eben habe ich noch auf dem Dach das letzte Ereignis aufgeschrieben. Und das ist auch das Ende der Cappy-Geschichte. Eines ist aber sicher: Ich habe mich die ganze Zeit wohl gefühlt. Ich habe nichts getan, was ich nicht wollte.

Hasta luego, Ibiza.

Papa hat sich entschieden, mit mir zusammen nach Berlin zu fliegen, weil er da irgendwelche Leute treffen will.

Jedenfalls war es gut, dass er mit mir die Sehnsuchtsübung gemacht hat und ich mich an meinen ursprünglichen Plan hielt und noch bis zum Schluss auf Ibiza blieb. So konnte ich an dem Tag heimfliegen, der von Anfang an geplant war, nämlich heute. Es waren noch fast vierzehn wunderschöne Tage gewesen, und ich hatte die Sehnsucht nach Mama und

Justin gut ausgehalten, und meine Liebe zu ihnen wurde nicht geringer. Ich fühle mich nun sicher und wohl dabei. Auch, weil es ganz meine Entscheidung war, denn Papa sagte, alle Entscheidungen, die mich betreffen, lägen bei mir. Ich sei ganz alleine für mein Leben verantwortlich. Er helfe nur.

»Wenn du jetzt fliegen willst«, hatte er gesagt, »dann sage es. Ich organisiere das für dich. Du kannst jederzeit abreisen oder zurückkommen.« Na ja, ich bin geblieben. So hatte ich noch Zeit, alles aufzuschreiben, was war. Ich habe außerdem jeden Tag auf dem Dach getanzt. Den Rest der Zeit saß ich im Schatten unter einer Kiefer und habe gelesen. Die Geschichte mit Sofies Party, die ganze Aufregung mit den Jungs und den Abschiedsabend mit Cappy habe ich ihm nicht erzählt.

Im Flugzeug beschlossen wir, dass wir uns in Berlin am nächsten Abend noch einmal sehen. Im Blockhouse. Er will seinen Buchhändler, Herrn Klages, mitbringen, und ich darf meine Freunde einladen. Super. Ich werde in Berlin gleich Jeka anrufen und Axel (vielleicht bringt er ja Dennis mit). Ich sah aus dem Fenster und sagte leise: »Adieu Cappy.« Die Insel ist grün, sein rotes Cappy sah ich nicht.

Erst als ich abends endlich in meinem Bett in Berlin lag, fiel mir auf, dass meine Befürchtungen wahr geworden waren. Mama und Justin waren nicht zum Flughafen gekommen, weil Mama Dienst hatte. Manni holte mich ab, und als Papa ihn fragte, ob er ihn noch in die Stadt fahren könne, sagte er, nein, das sei ja ein ganz anderer Weg. Papa guckte ein bisschen dumm aus der Wäsche. Wie Manni sich fühlte, weiß ich nicht. Als wir nach Hause kamen, war es halb zwölf, und Justin schlief schon. Ich war zwar enttäuscht, aber ich erinnerte mich daran, dass ich dieses Gefühl schon auf Ibiza erlebt hatte, und wie viele andere Gefühle ich noch hatte für die ich auch Platz machen musste. So behielt ich meine Balance und freute mich darüber, wieder in meinem Bett zu liegen. Übermorgen fängt die Schule wieder an, und ich treffe all meine Freunde wieder. Und Dennis! Cool!

Montag, 11. August

Heute Morgen, als ich aufwachte, dachte ich, ich bin auf Ibiza. Aber dann: Nein, Berlin. Ab ins Bad. Blick in den Spiegel. Super, seh nicht schlecht aus. Die Haare sind hell geworden. Bin richtig geil braun. Ich dachte gleich an heute Abend: Ich werde das weiße Kleid anziehen.

Es klingelt. Irgendein Besucher für Justin. Ich weiß gar nicht mehr, was hier abgeht. Ich dusche, creme mich ein, putz mir die Zähne, mach mich zurecht. Mach auch Make-up drauf. Weiß ja nicht, wen Justin da in der Küche hat. Was zieh ich an? Die neuen Jeans aus Ibiza und das Pacha-T-Shirt. Dann ab in die Küche.

Ich ganz cool: »Hallo!«, und gleich an den Kühlschrank. Da bleib ich stehen, seh mir an, was alles da ist. Ich meine, wenn ich lange genug dastehe, werde ich wissen, wer der Typ ist. Sieht übrigens ganz gut aus.

Also, was haben wir im Kühlschrank? Was soll ich essen? Justin und ich haben uns sowieso mal gefragt: »Warum essen wir eigentlich, wenn wir keinen Hunger haben?« Wir sind darauf gekommen, dass wir aus Langeweile essen. Es hat uns aber nicht großartig gestört, und wir haben weitergegessen. Justin ist sowieso immer dünn, er kann immer essen.

Jedenfalls kriege ich mit, dass der andere Typ von der Austausch-Schule aus Luxemburg ist. Er gehört zum Lux-Basketballteam, das gegen unsere Schule spielt. Er ist Justins Gast. Justin spielt auch Basketball.

Nehme einen Joghurt, mach den Kühlschrank zu, dreh mich um. »Hi. Ich bin Mona.«

»Ich bin Gérard.«

Justin in seiner blöden Witzart: »Und ich bin Justin.« Grins.

»Wohnt hier auch euer Vater?«, fragt Gérard.

Justin rollt 'ne Kugel Brötchenteig herum, den er immer aus seinen Brötchen herauspult. Eklig. »Unser Zweitvater.«

»Mein leiblicher Vater lebt auf Ibiza«, sage ich.

»Und eure Mutter?«

»Die kommt heute Nachmittag oder heute Abend erst«, sagt Justin.

»Wie ist sie?«

Justin: »Meckert viel.«

»Und sie hat eine gelbe Aura«, sage ich.

Und Justin so: »Eine gelbe Aura?« Wirft seine Kugel in die Luft. »Findest du wirklich, dass sie eine gelbe Aura hat?«

»Vielleicht ist sie auch lila«, sage ich.

»Was für 'n *fuck* ist 'ne gelbe oder 'ne lila Aura?« Da ist wieder Justins aggressiver Ton. Er hat sich wirklich nicht verändert.

Gut, also erklär ich es ihm: »Das ist die Ausstrahlung einer Person. Aber die können nur manche Menschen sehen. Nur besondere Menschen.«

»Zum Beispiel Iwan der Schreckliche«, sagt Justin mit seinem blöden Grinsen.

»Justin, musst du eigentlich immer den Blödmann spielen?«

»Was macht denn eure Mutter?«, fragt Gérard Justin.

»Sie geht zur Arbeit. Leider ist sie immer ziemlich schlecht drauf, bevor sie zur Arbeit geht.«

»Dafür ist sie aber total mies gelaunt, wenn sie nach Hause kommt«, sagt Justin, aber Luxi versteht den Joke nicht.

»Die Bude ist angeblich so dreckig. Daher meckert sie die ganze Zeit rum. Sie behauptet immer, sie wäre die einzige Person, die irgendwas tut. Kein anderer tut was.«

Und Justin: »Ja, stimmt, stimmt. Ihrer Ansicht nach ist sie die Einzige, die was tut und ständig hinter jedem herputzen muss.«

»Sie sagt, dass wir faul sind und dumm und nichts lernen wollen. Sie sagt, wir sind negativ.«

»Stimmt«, meint Justin. »Und immer, wenn wir eine Idee haben, fragt sie: ›Habt ihr das von Papa?‹«

»Ja. Egal, was es ist. Auch wenn wir mal selbst inspiriert sind und sagen: ›Lass uns das doch so und so machen‹, sagt sie: ›Ist das wieder so 'ne komische Idee von Papa?‹ Original diese Stimme – ›Ist das wieder so ’ne komische Idee von Papa?‹ Man denkt, sie kommt grade frisch aus der Klapse.«

»Money, das ist unser Zweitvater, muss immer ganz artig sein, und wenn er nicht artig ist, wird sie böse, und wahrscheinlich kriegt er dann auch keinen Sex.«

»Ich glaube, Sex kriegt er sowieso nur einmal im Jahr. Aber es gibt auch Jahre, da ist sie gut gelaunt und positiv, da kriegt er es zweimal. Zu Ostern und nach Weihnachten.« Das war ’n Joke von mir. Beide haben echt gelacht. »Natürlich nur eventuell. In letzter Zeit jedenfalls haben sie weniger Sex, denn man hört nicht mehr dieses Schildkrötenstöhnen von Manni. Was soll man noch sagen? Wir essen viel Vollkornbrot. Wir essen viel Gemüse, jedenfalls kein Fleisch. Fleisch könnte BSE enthalten. Man weiß ja nie, was die Firmen mit dem Fleisch machen.«

Und Justin: »Natürlich kauft sie bei Aldi ein. Da interessieren sie sich ’n Scheißdreck, wie das behandelt wird. Da spritzen die alles rauf.«

»Aber es ist eben billig«, sage ich, um Justin mal ’n bisschen anzukitzeln. Er lässt nie was auf Mama kommen, außer eben, wenn es ums Essen geht. Bei ihm kann man wirklich sagen, der Hass geht durch den Magen.

»Billig? Ja, sie kauft aber auch bei Intermarché ein, mittelmäßig teuer. Und am Ende kauft sie beim Bioladen ein, da ist es arschteuer. Aber da weiß sie, was raufgespritzt ist.«

Gong, er regt sich auf, da geb ich mir ’ne Zwölf. »Was regst du dich so auf?«, frage ich.

»Das ist doch alles unlogisch«, schreit er.

Gérard lacht.

»Blöde Ziege! Dich sollte man als Fischfutter in die Nahrungskette geben. Sie sagt, dass in den Supermarkt-Hühnern Fischfutter ist. Was auch stimmt«, ereifert sich Justin. »Lauter Mona-Fische. Diese kleinen stinkenden Heringe!«

»Die picken sich halt durch den Supermarkt«, sage ich voll dick und satt, grins grins zu Gérard.

»Nein, die Hühner, die man im Supermarkt kauft, du Blöde, enthalten Fischmehl«, belehrt mich Justin.

»Zweitvater, was heißt das?«, fragt Gérard.

»Ersatzvater.« Justin hat das plötzlich ganz leise gesagt. »Nicht mein leiblicher Vater.«

»Ach so. Und? Ist er okay?«, fragt Gérard etwas verlegen.

»Wenn Money nach Hause kommt, geht er erst mal –«

Kacken, würde ich gerne sagen. Aber ich darf ihn nicht unterbrechen, wenn ein anderer Typ dabei ist.

»– geht er erst mal in sein Zimmer und zieht sich aus, sodass er in Unterhose rumläuft.« Justin macht das übermäßig deutlich vor.

»Eklig.« Ich schüttle mich.

»Und T-Shirt.«

»Um acht Uhr abends«, gebe ich zu bedenken.

»So läuft er herum und macht vielleicht sogar was zu essen.«

»Selten«, wende ich ein.

»Manchmal bringt er 'ne Pizza mit oder 'n Döner.«

»Oder er macht Tiefkühl-Lasagne.«

»Er isst schnell, dann legt er sich aufs Bett und schaut in die Glotze«, erzählt Justin.

»Oder lädt sich was runter.«

»Wenn Mama nicht da ist. Wenn ich bis zwölf aufbleibe und mich dann fertig mache fürs Bett, sehe ich immer, wie in seinem Zimmer Licht ist und er vorm Computer sitzt, mit 'ner Red Bull neben sich.«

Ja. Stimmt. Das habe ich auch schon gesehen. »Aber wenn Mama da ist, macht er Linolschnitte. Er sitzt gerade im Bett und macht Linolschnitte auf einem großen Brett vor sich, alles akkurat. Mama macht die Tür auf und sieht nicht diesen Schlendrian. Bei ihr muss immer alles übersichtlich und akkurat sein. Und so findet bestimmt auch der Sex statt: Jetzt gerade sitzen! Jetzt rein! Und los! Und *fuck*!«

»Okay, my dear boss, denkt Money und kriecht auf seiner Sehnsuchtsspur wie 'ne Schildkröte – äh, äh, äh.«

Das Telefon klingelt, und es ist Jeka.

Wir erzählen uns, wie die Ferien waren. Jeka hat nicht viel Zeit, will aber heute Abend auch ins *Blockhouse* kommen. Natürlich haben die alle ein Handy und rufen immer kurzfristig an. Also weiß man immer erst ganz kurz vorher, ob und wann sie kommen. Ich habe kein Handy.

Ich habe Jeka erst mal nichts von meinen Cappy-Erlebnissen auf Ibiza erzählt. Nur, dass bei Sofie eine lustige Party war. Und dass Axel auch da war. Wir legen auf.

Ich musste auch weg, ich war nämlich mit May im Pink and Blue Park verabredet. Wir hatten uns lange nicht gesehen, und ich wollte ja unbedingt mit ihr sprechen. May schien mir in letzter Zeit sowieso ein bisschen trübe als Freundin, und da dachte ich, ich sollte ihr vielleicht mehr Aufmerksamkeit schenken. Wir sind auf unseren Turm gegangen. Für May und mich hat es die Bedeutung, dass wir hier die größten Geheimnisse voreinander ausschütten. Es gibt keinen besseren Ort für unsere Besprechungen. Hier in der Höhe, hoch über den Bäumen und Dächern, öffnen wir uns einander schnell.

Es führt eine lange Leiter nach oben, aber nur das letzte Stück muss man umständlich mit Räuberleitern hinaufklettern, und dann ziehe ich sie hoch oder sie mich. Wir sitzen da, fühlen, wie der Wind uns durch das Haar geht, und genießen die Stille. Wenn wir die Sichtklappen öffnen, sehen wir die Blätter langsam durch die Luft wehen. Es ist eine traurige Stimmung.

»Hast du dich unglücklich in jemand anderes verliebt?«, frage ich leise in das Säuseln des Windes hinein, aber sie schüttelt den Kopf. »Hast du Streit mit George?« Sie schüttelt wieder den Kopf. »Du bist keine Jungfrau mehr.«

Das sitzt. Sie ist gleich angegriffen und versucht sich zu verteidigen. »Woher weißt du das? Wer hat dir das erzählt?«

»Ich weiß nicht, es war nur geraten. Ich weiß es von niemandem.« Ich hatte Axel versprochen, nix zu sagen.

Sagt sie ganz hysterisch: »Ich find das nicht okay von dir. Wieso sagst du mir das nicht? Ich weiß ganz genau, dass es dir jemand erzählt hat.«

Also war sie keine Jungfrau mehr. Es stimmte also. Natürlich weiß ich, wer sie entjungfert hat. Doch warum ist sie erschrocken, wenn man sie danach fragt? Also frage ich noch einmal: »Wann ist es denn passiert?« Ihr Blick ist finster. »Wieso bist du denn so sauer auf mich? Es ist doch nur 'ne Frage. Ist doch völlig legitim. Wie war's denn eigentlich? Du kannst es mir doch erzählen. Ich bin deine Freundin.«

»Ja, also, wir waren dann ...« Sie sieht mich an.

Ich halte ihrem Blick stand, und schließlich gibt sie nach, nimmt meine Hand und fängt an zu erzählen. »Also der Abend fing so an: George und ich sind auf die Abi-Party von Linos Bruder gegangen. Anfangs war alles ganz cool, super Atmosphäre, und bestimmt die beste Abi-Party, bei der wir je waren. Ich hab ein paar Tequila geschlürft. Er gibt mir gerne mal ein paar Drinks aus. Auf jeden Fall war es voll lustig.«

»Ist es da passiert? Auf Toilette oder was?«

Da meint sie: »Nein, nein, nein. Nur, du weißt doch, wie betrunken ich war.«

Ich so: »Ja, aber das ist nichts Ungewöhnliches. Du wirst schnell angetrunken.«

»Ja, also, ich weiß nicht, aber ich hab mich halt mit ihm richtig gut an dem Abend verstanden, es lief auch alles ganz super, und dann sind wir mit einem Taxi nach Hause gefahren. Also, er hat mich nach Hause gebracht, und dann war auch noch alles ganz toll, und natürlich bin ich mit ihm nach oben gegangen, denn meine Eltern waren weg. Die waren auf dieser München-Reise.«

Ich so: »Ja, ja, hast du mir erzählt. Und weiter?«

»Also, wir sind dann in mein Zimmer gegangen und haben rumgeknutscht. Es war einfach gar nicht, wie ich mir das vorgestellt habe. Du weißt doch, ich wollte es immer mit Kerzen, so ähnlich wie du. Aber nicht einfach so.«

»Ich verstehe schon, was du meinst, ja. Aber was ist denn genau passiert?«

»Ja, da möchte ich nicht so sehr ins Detail gehen.«

Ich so: »Wenn du es mir erzählst, geht es dir vielleicht besser.« Dann fängt sie auf einmal an zu heulen, und schniefend und schluchzend geht's weiter.

»Wir haben rumgeknutscht und saßen auf meinem Sofa, das pinke. Dann hat er mich ausgezogen, ach nein, das ist ja schon vorher passiert. Wir haben so rumgespielt, und er war sehr nett zu mir. Er hat Dinge gesagt, die noch nie zuvor ein Junge zu mir gesagt hat. Nur seine Finger, du weißt schon.«

Ich so: »Er hat dich gefingert. Ja und? Das ist doch nichts Ungewöhnliches.«

»Alles lief auch ganz super, aber dann hat er so, ich weiß nicht, ich hätte mir denken können, was kommt. Aber es war mir halt alles nicht so bewusst, und es ging so schnell. Auf einmal war er drin. Und das ist doch eigentlich viel zu fies von ihm. Er wusste doch, dass ich's nicht wollte. Aber er hat mich … ich war ja so besoffen … keine Ahnung, doch er wusste, dass ich's nicht wollte.«

»Wie du es erzählst, scheint es nicht so, als ob du es nicht wolltest.«

»Doch, ich wollte es nicht. Tage zuvor haben wir darüber geredet, dass ich noch nicht bereit dazu bin und dass ich mich noch nicht gut genug dafür fühle. Er wusste es, und er hat's trotzdem gemacht. Das ist unfair. Er wusste es. Es ist gemein. Es ist pervers.«

»War es schlimm?«

»Es tat höllisch weh. Ich fühle mich, als ob ich jeden Moment kotzen könnte. Ich weiß nicht, was ich machen soll. Ich fühl mich dreckig. Er ist ein Arschloch. Ich würde ihn anschreien wollen, du bist hinterhältig.« Sie bricht wieder in Tränen aus und weint meinen Pulli nass.

Wir sitzen ungefähr eine halbe Stunde, ich halte sie im Arm und streichle sie.

Es tat mir Leid, dass ich nicht noch mehr Zeit hatte, aber ich musste nach Hause. Papa würde mich gegen acht abholen. May versprach mir, auch zum Essen ins *Blockhouse* zu kommen.

18:00 Uhr

Ich bin gerade im Bad, als Mama plötzlich in der Tür steht. In ihrer schön gestärkten weißen Tracht. Strahlend und blond (abgesehen von den Ansätzen, die durchkommen). Ich jumpe hoch und will ihr in die Arme springen. Da bemerke ich, dass sie an mir vorbeischaut. Ich drehe mich um. »Was ist?«, frage ich irritiert.

»Polkes oben haben 'n Wasserschaden. Bist du blind? Hier!« Sie schubst mich zur Seite und zeigt auf große breite Streifen, die über die Herbstblätter von Mamas Lieblingstapete herunterlaufen.

Gleich ist sie aus der Tür wieder hinaus und rennt die Treppe hinauf zu Polkes. Sie klingelt und klopft, aber es ist niemand zu Hause.

Als sie wieder herunterkommt, tobt sie, dass sie Polkes verklagen wird und Polkes ja dann den verklagen können, der das Haus gebaut und ihnen die Wohnung verkauft hat. Ich höre zu, denn Papa sagt immer, dass man aus allem was lernen kann. Ich frage mich, was ich hieraus lernen kann. Wahrscheinlich, dass man den verklagen kann, der einem einen Schaden macht. Also kann ich Mama verklagen, weil sie Papa gegen Manni eingetauscht hat und das ganz klar ein Schaden für mich ist.

Immer wieder geht sie hin und sieht die Herbstblumen an, die dunkler werden (was ganz gut aussieht). Jetzt haben wir Herbstblumen in Braun, Ocker, Orange, Gelb, aber all die Farben auch in Hell.

Jedenfalls ist es heute Nachmittag mit ihr kein Zuckerschlecken. Ich glaube auch nicht, dass das mit dem Wasserschaden zusammenhängt. Eher denke ich, dass Mama sehr viel Spaß in der Klinik hat und sich ärgert, wenn sie nach Hause kommt. Natürlich gibt es auch Schattenseiten. Manchmal erzählt sie mir, dass einige Pats sehr unfreundlich sind, oder sie erwischt welche, die sich in der Nase popeln, gerade wenn sie das Essen bringt. Das findet sie widerwärtig.

Ich ging dann in mein Zimmer, um Jeka anzurufen und ihr die Neuigkeiten zu erzählen, denn Mama konnte ich wirklich nicht länger beim Trocknen der Flurwand helfen. Es ist nicht meine Schuld, dass wir nur einen Fön haben. Ich hab ihr schließlich oft genug gesagt, Mama, kauf noch einen zweiten Fön. Den hätte ich dann nämlich mit auf die Klassenfahrt nehmen können.

Es klingelte. Ich wusste, es war Papa, der mich abholte. Ich machte auf, er begrüßte mich und Mama mit einem Kuss auf die Wange. Über den Wasserschaden sagte er nix. Ich renne ins Bad, checke noch einmal alles, meine Spange im Haar und so. Das weiße Kleid sieht wirklich gut aus. Hoffentlich hat Axel Dennis mitgebracht.

Wir verabschieden uns. Mama wünscht uns viel Spaß.

Im Auto wartet der Buchhändler, Raimund Klages. Der Typ steigt aus und begrüßt mich. Khakihose, weißes kurzärmeliges Hemd und nicht viel größer als ich.

Als wir in das Lokal kommen, müssen wir warten, bis wir zu einem Tisch gebracht werden. Ich laufe sofort durch das Lokal und sehe mir alle Gäste an. Jeka ist nicht da, Axel auch nicht, May nicht, niemand. Auch sonst keiner von der Schule. Dennis natürlich erst recht nicht. Ich bin ziemlich enttäuscht und friere, obwohl es verdammt heiß ist im August.

Als das Essen kommt, ist Papa in eine Unterhaltung mit den Leuten vom Nachbartisch vertieft. Vier Männer. Blödes Gerede. Ich bin wütend und suche Streit. Ich versuche ihnen die Geschichte aufzutischen, dass Raimund Klages und Papa ein schwules Paar sind. Papa versucht, das ins Lächerliche zu drehen, aber ich lasse nicht locker. Die Typen finden das nicht witzig, weil sie ziemlich altmodisch sind. Sie prahlen lieber damit, dass ihre Frauen zu Hause sind, und der eine meint, dass seine Frau sechzehn war, als er sie geheiratet hat, und dass sie alles für ihn tut. Der andere erzählt, dass seine Frau für ihn gerade eine Schlankheitskur macht. Echt schräg. Der eine hat einen Schnauzer, der gegenüber einen Oberlippenbart und kurze braune Haare, der dritte einen Backenbart und der Dicke eine Glatze. So stell ich mir meine Traummänner vor. Genau so. Birkenstockschuhe, 'n bisschen dicklicher Bauch, aber dafür dünne Beine. Und diese stoppeligen Haare, 'ne eckige Brille und ein Haarbüschel vorne auf dem Mund. Bravo. Der mit dem Backenbart hat orange-rötliche Haare. Ist ein bisschen stiller als die anderen. Nicht so laut und penetrant wie seine Kollegen, die sich gegenseitig unterbrechen und alle wie die Hähne zu Herrn Klages und Papa krähen. Der Backenbart kommt mir 'n bisschen verklemmt vor. Sagt nicht viel. War irgendwie komisch, das Ganze. Dann sind wir nach Hause gefahren. Das war also mein heiß ersehnter Abend mit meinen Freunden und Dennis. Echt super.

Sonntag, 17. August

Es ist immer noch ziemlich heiß, und ich bin mit Jeka im Freibad verabredet. Aber hoppla, zu Ostern habe ich ja meine Tage bekommen. Lästig, immer aufzupassen, dass die Unterhose nicht blutig wird. Einmal vergaß ich, vor dem Schwimmen einen Tampon reinzutun. O ja, das war peinlich. Und eklig.

Aber aus dem Harem gibt es auch Gutes zu berichten. Ich bin aus dem gleichen Fleisch und Blut wie andere Frauen. Viele Frauen werden depressiv, wenn sie ihre Tage haben. Sie sind dann verkrampft, haben Bauchschmerzen, können keinen Sport machen. Ich werde höchstens aggressiv. Schlimm ist nur, dass ich beim Schwimmen einen Tampon reintun muss und der ziemlich groß ist für meine Vagina. Ich bin ja noch ganz klein.

Montag, 18. August

In der Pause beschreibt Jeka mir ihren Traumtyp, und für mich klingt es, als wenn sie Dennis beschreibt. Groß soll er sein, anlehnen möchte sie sich, maskuline Hände, schöne Augen, gute Zähne, etwas längere Haare, braun gebrannt. Geile Klamotten. Charmant, lustig, und seine Lustigkeit steckt sie an. Immer, wenn sie nicht zusammen sein können, hinterlässt er eine Nachricht, immer etwas Liebes. Er ist romantisch, klammert aber nicht oder wirkt schleimig. Er erkennt ihre Macken und lacht darüber. Sie lachen dann zusammen darüber, und plötzlich werden ihre Macken hübsche Eigenheiten. Eifersüchtig ist er nicht, jedenfalls nicht zu sehr. Er führt sie gelegentlich aus und macht ihr kleine Überraschungen. Man kann sich mit ihm gut unterhalten. Manchmal ist er ernst, aber nie verklemmt oder schüchtern. Aber auf jeden Fall ist er treu. Das ist extrem wichtig, Vertrauen muss sein. Na ja, das mit dem Treusein würde nicht gerade auf Dennis passen.

Nach der Schule kam Jeka noch mit zu mir. Lernen.

Als wir fertig sind, gehen wir in die Küche.

»Wie stellst du dir dein erstes Mal vor?«, fragt sie mich plötzlich.

»Das soll schön sein. Perfekt wäre am Pool«, sage ich, und genau in dem Moment platzt Justin rein.

Wahrscheinlich hat er schon draußen gelauscht. Und er: »Was ist am Pool?«

»Jeka hat mich gefragt, wie das erste Mal sein soll.«

»Und da hast du gesagt, ›am Pool‹? Damit er dich ins Wasser stößt?«

»Nein, ganz falsch. An so etwas hab ich nicht gedacht.«

Sein Kopf verschwindet im Kühlschrank.

»Rosenblätter schwimmen auf dem Wasser. Und um den Pool herum stehen Duftkerzen. Rote und orange Kerzen. Auf der Oberfläche dämmert Sonnenuntergangslicht.« Jeka hat mal erzählt, Rosen will sie auch dabeihaben.

»Musik?«, fragt sie.

»Nein, keine Musik. Obwohl … Vielleicht. Eventuell.«

Justin glotzt blöd über die Kühlschranktür. »Britney Spears.«

»Nicht Britney Spears. Mehr so Norah Jones.«

»Pop Cinderella? O Gott.«

«Come away with me.«

Er knallt den Kühlschrank zu. »Ja, super. Soll der Junge auch Pickel im Ohr haben?«

»Nein, die hast du.«

Zum Glück ist er dann abgehauen. Aber Jeka auch. Vielleicht ist sie ja nur gekommen, um Justin zu treffen. Wenn das so ist, dann leidet sie echt an Geschmacksverirrung.

Mittwoch, 20. August

Eine richtige lange Beziehung hatte ich noch nicht, weil mir immer irgendwas an den Jungs nicht passte. Entweder er redet nicht genug, oder er ist nicht lustig genug, oder er kümmert sich nicht genug, oder er kümmert sich zu viel, oder er geht mir auf die Nerven, oder ich will Abwechslung. Ich bin den Jungs gegenüber mit solchen Mitteilungen schnell und direkt. Aber es ist die Wahrheit, ich gebe mich selten zufrieden. Vielleicht traut sich deswegen keiner mehr.

Wir haben jetzt viele Pärchen an der Schule, aber ich bin natürlich Single.

Neulich fragte mich meine Omi: »Warum gehst du nicht auf die Jungs zu?« Das würde sie jetzt in ihrem Alter wohl machen, aber ich nicht. Natürlich setzen Mädchen sehr viele Zeichen beim Flirten oder signalisieren *Ich mag dich*. Aber die Jungs müssen schon beginnen. Ein Blick, erstes Grinsen, erster Schritt. Erster Kuss.

Donnerstag, 21. August

Es ist ein heißer Sommer. Der Tag wurde noch heißer, als Axel zu mir kam und mir sagte, dass er Dennis meine Telefonnummer gegeben hatte. »Wieso das denn? Er hatte sie doch schon.«

»Er hatte sie im Handy gespeichert, und jetzt ist sie weg.« Rosi, die blöde Schlampe. Bestimmt steckt sie dahinter. »Ja, super. Das hast du gut gemacht.« Wir haben den HipHop-Gruß getauscht, und die Sache war erledigt.

Und dann habe ich gewartet.

Freitag, 22. August

Nach der Schule habe ich bis zum Einschlafen die ganze Zeit auf Dennis' Anruf gewartet.

Samstag, 23. August

Vergeblich auf Dennis' Anruf gewartet. Nachrichten gesehen. Aber nur mit den Augen. Als sie zu Ende waren, wusste ich von keinem einzigen Ereignis in der Welt.

Sonntag, 24. August

Kein Anruf von Dennis. Bei mir stellt sich allmählich tödlicher Hass ein, den ich versuche wegzuessen: Zwei Tafeln Milka-Vollmilch, Joghurt mit der Ecke mit Schokobällchen drin, Dany plus Sahne, eine Packung Funny Frisch Chips, zwei Rinder-Steaks mit viel Kartoffeln und viel Crème fraîche (hätte Mannis Abendessen sein können). Ich geb mir die Kugel mit einer Packung Ferrero Rocher.

Montag, 25. August

Dennis hat nicht angerufen. WARUM NICHT? Ich hab schon wieder gegessen: Drei Fünf-Minuten-Terrinen, eine Packung Leibniz Schoko, Miracoli, Rühreier mit viel Tomaten und noch mehr Zwiebeln, zwei Packungen Toffifee, eine Packung Ferrero Küsschen. Guten Freunden gibt man ein Küsschen oder zwei oder drei … Aber es ist kein guter Freund da.

Dienstag, 26. August

Zweimal hat Jeka angerufen, einmal Papa, Omi hat angerufen, ob wir am Wochenende aufs Land kommen, und ich hab Axel angerufen, aber Dennis nicht erwähnt (was ich absolut heldinnenhaft finde). Nur Dennis hat nicht angerufen. Heute gab's: Backofenpommes (Mama erlaubt mir nicht, die Fritteuse zu benutzen), drei Bananenbrote mit fett Butter und Schokosoße obendrauf, zwei Brote mit Nutella in Kakao getunkt, bis die Brösel drin schwimmen. Lecker Grießpudding mit Sahne-Geschmack, Fischstäbchen mit Mayo und Ketchup und Chili Sweet Sour Sauce.

Mittwoch, 27. August

Heute habe ich Dennis NICHT in der Schule gesehen. Ich habe alle Süßigkeiten aufgefressen, die es in unserer Wohnung gab, und mir ist nicht schlecht geworden.

Donnerstag, 28. August

Weil kein Anruf kam, weder von Dennis noch von sonst jemand, hatte ich Zeit, mich zu wiegen. Ich habe in sieben Tagen anderthalb Kilo zugenommen. Dabei habe ich gar nichts gegessen – jedenfalls nicht in den letzten drei Minuten.

Freitag, 29. August

Kein Anruf von Dennis. Ich werde heute nichts essen. So. Vielleicht ein paar Schokoküsse oder Magnum

Eis. Aber sonst nichts. Außer Pfannkuchen mit Erdbeermarmelade. Mal sehen.

Samstag, 30. August

Heute frage ich mich, wer ich eigentlich bin. Woher ich komme und was für einen Sinn das Leben hat. Ich rufe Jeka an. Sie meint, ich sei eine Hälfte. Nur vollkommen, wenn ich mit der Liebe meines Lebens vereint bin. Dennis? Erst dann ergibt alles einen Sinn.

Sonntag, 7. September

Die Tage gehen so dahin. Heute hat mich Justin den ganzen No-D-Day genervt. Im Fernsehen kam die Möbelreklame »Wohnst du noch, oder lebst du schon?« Leben. Es hat seine Funktion, aber keinen Sinn ohne die andere Hälfte. Warum sollte das Leben einen Sinn haben? Weil die Menschen einen Sinn erleben wollen.

Okay, was will man sinnvollerweise erreichen? Reich werden? Selbst, wenn es alles gibt, macht's wieder keinen Sinn. Reich sein? Warum will man reich sein? Damit man gut leben kann? Warum will man gut leben? Damit man Spaß hat. Am Ende läuft's auf den Spaß hinaus. Oder Glück. Jeder weiß, wie viel Glück er braucht. Weiß er auch, wie er's bekommt? Durch Zufall?

Durch Liebe, die man gibt? Oder Liebe, die man fordert?

Papa sagt, durch innere Freiheit.

Mittwoch, 17. September

Dennis. Aber ich bin völlig darüber hinweg. Total. Mich interessiert das überhaupt nicht mehr. Stattdessen habe ich heute zu Jeka und May gesagt: »Stellt euch mal vor, dass euer Leben von jedem beobachtet wird. Dass sich alles um euch dreht. Also ich treffe Dennis. Dennis ist ein Schauspieler aus einer anderen Dimension, durch den alle mich beobachten können. Das macht mir Angst.«

Und May: »Genau. Das will ich nicht, dass sich alles um mich dreht und dass nichts so ist, wie es ist. Oder stellt euch mal vor, unser Leben ist ein Computerspiel, alles ist programmiert, wie die Matrix. Es gibt unendlich viele Versionen. Wir wissen es nicht. Genauso wenig, wie wir wissen, ob es Gott gibt oder nicht.«

»Was ist, wenn es riesige Aliens gibt und wir sind nur ganz klein und die gucken uns immer in einer Murmel an. Und die sind auch in einer Murmel mit ganz vielen anderen Murmeln und das sind wieder größere Aliens. Wenn man sich das so vorstellt, schildert es eigentlich das Universum. Es gibt immer etwas, und die sagen, dass es immer weiter etwas geben wird, weil die Kreation der Energie nie zu einem Ende kommen kann. Und deswegen bin ich auf die

Idee gekommen, dass alles ein Film ist, weil nichts so ist, wie es scheint. Wo hat es angefangen? Gab es das schon immer? Wann hat das Immer angefangen? Sehr komisch. Beängstigend«, sage ich.

Das war auf dem Weg ins Kino. *Matrix 2*. (Lieber hätte ich Dennis gesehen.)

Sonntag, 28. September

Heute hab ich bis neun geschlafen. Ansonsten bestand der Tag eigentlich nur aus Aufstehen, von Mama angemeckert werden, wieder in mein Zimmer gehen, Musik hören, meine Tanzübungen machen. Ich hab totale Wadenkrämpfe. Das tut so höllisch weh, weil ich jeden Tag hart trainiere. Ich will unbedingt eine Hauptrolle tanzen.

In letzter Zeit ist es so, als ob ich das nicht verwirklichen kann. Es gibt so viele Mädchen, die besser tanzen können.

Und dann habe ich so das Gefühl, dass meine Freunde nicht meine wahren Freunde sind. Ich weiß nicht, ob sie zu mir halten. Es ist so eine Phase. Alles läuft schief. Es ist so dämlich. Passiert natürlich nur mir.

Freitag, 10. Oktober

Heute bin ich krank und bleibe zu Hause. Ich hab total lange geschlafen und Suppe gegessen, damit ich wieder zu Kräften komme. Die letzten Wochen haben mich ausgepowert. Liegt vielleicht daran, dass ich zu viel getanzt habe. Das sind die wichtigen Dinge in meinem Leben: Atmen, Ballett, Choreographie, essen – A, B, C, E. Fehlt da ein Buchstabe? Nein? Nein. Gut.

Sonntag, 12. Oktober

Seit Monaten schleicht mein Leben dahin. Was ist passiert? Dennis hat mich nicht angerufen. Was noch? Heute ist das Endspiel der Frauen-Fußballweltmeisterschaft. Ich bin im Fußballteam der Schule, also werde ich mir das ansehen.

21:30 Uhr

Die Frauen haben es geschafft! Sie sind Weltmeisterinnen geworden. Cool. Und Deutschlands Männer-Elf hat gegen Frankreich gestern 0:3 verloren. Das hat die Frauen bestätigt. Sie haben gesungen: »So sehen die Sieger aus.« (Ich dachte das heißt *Siegerinnen*.) Eine meinte im Interview, dass sie sich jetzt bestätigt fühlt. Musste ich wieder lachen. Wie abhängig die Frauen doch von den Männern sind! Ich denke aber, das gilt auch umgekehrt.

Dienstag, 4. November

Ich fühle mich so, als ob ich allein gelassen bin. Keiner ist für mich da, ich muss alles alleine durchstehen. Ehrlich, ich weiß nicht mehr weiter. So fühle ich mich die ganze Zeit. Jeder Tag ein Untergang.

Aber es geht auch anderen so. Seit einer bestimmten Woche im Oktober haben alle meine Freundinnen eine depressive Phase. Genau seit das Wetter sich verschlechtert hat. Alle zur gleichen Zeit.

Und vier von meinen Freundinnen haben zur gleichen Zeit wie ich die Tage. Alle haben zusammen die Tage, und das ist sehr tragisch. Wir rufen einander an, bluten vor uns hin und heulen uns voll.

Wenn ich meine Tage habe, will ich niemand sehen. Zum Beispiel zu Hause:

Meine Mutter: »Hallo.«

Ich: »Ja, hallo, wie geht's?«

»Ja, Mona, ich wollte ja noch, dass du den Müll rausbringst.«

»Was? Den Müll rausbringen? Weißt du, wie viel ich zu tun habe? Weißt du, was ich jeden Tag durchmachen muss? Und du verstehst mich noch nicht mal!«

Ich fange an zu heulen.

Ich bin ja sonst eigentlich eine sehr ausgeglichene Person. Aber wenn ich meine Tage habe, dann verwandele ich mich in ein Monstrum.

Das liegt natürlich auch daran, dass Unklarheit in meinem Leben steckt. Für die anderen ist es schwer, sich das Leben von Dreizehnjährigen vorzustellen. Wenn man morgens aufwacht, ist man total müde, aber dann stellt man sich hin und sagt: »Ein guter Tag«, und in der nächsten Sekunde ist man *happy*, geht ins Bad und sieht seinen Bruder und kriegt einen totalen Zusammenbruch.

Oder ich höre ein Lied und fang an zu heulen. Heule wirklich vier Stunden lang. Und dann ruft eine Freundin an, und die heult auch gerade. Was ist? Sie hat auch ihre Tage. In dieser Phase hilft nur weinen.

Donnerstag, 13. November

Mit Jeka, May und Sofie über Beziehungen gesprochen.

Ich möchte etwas sehr Intensives, weil ich jemand haben möchte, der mich beschützen kann.

Nun sieht es bei den dreien so aus: Jeka intensiviert gerade ihre Beziehung. May möchte ihre gerne loswerden. (Sagen wir mal so: Sie hat mit George Schluss gemacht. Er will das aber irgendwie nicht einsehen und ruft sie ständig an.)

Bei Sofie ist tote Hose. Sie hat keinen, und ob sie jemals einen haben wird, ist zweifelhaft. Sie himmelt Jungs auch selten an. Es liegt daran, dass sie total von ihrem Fashion-Wahnsinn besessen ist. Sie muss sich immer darum kümmern, was sie anzieht.

Bei Jeka ist es so: Sie ist in letzter Zeit Gerry ein bisschen näher gekommen. An einem Abend wollten sie mal richtig einen draufmachen. Schön abfeiern. Kurz vorher sagt er ab, weil er ’n Kater von der vorherigen Nacht hatte. Jeka findet aber raus, dass das gelogen war. Sie ist total sauer. Tage später kommt Gerry zu ihr und entschuldigt sich von ganzem Herzen. Sie verzeiht ihm. Durch diesen Streit ist ihre Beziehung viel stärker geworden.

Freitag, 14. November

Heute ist es passiert! Mein Gott, ich kann es immer noch nicht fassen. Dennis hat mich angesprochen! Ich höre tatsächlich seine Stimme! Nicht in meinen Gedanken, nein, sondern leibhaftig steht er vor mir und sagt »Hallo«. Ich sage »Hi«.

Er fragt mich grinsend, wie ich heiße, wie es mir geht, und meint, dass er schon viel von mir gehört hat. Natürlich ist das ein *joke*, und er lächelt dabei wie Leonardo di Caprio in *Catch me if you can*. Mir gefällt das total.

Obwohl es von ihm ja nur ein Scherz war, kann ich mich nicht zurückhalten: Was hat er gehört? Von wem? Was weiß er über meine Ferien?

Er fragt, ob wir was unternehmen wollen. Ich sag: »Klar, gerne, warum nicht.« Dann lädt er all seine Freunde ein, die Welt macht einen Ruck, und wir gehen ins Kino. Der Film ist mein Lieblingsfilm. *Herr der Ringe. Teil 1.*

War er da mit Rosi drin? Ich kann mich nicht erinnern. Null und nichtig. Nope. Nicht *Herr der Ringe*, no, Sir. Vielleicht *Der Schuh des Manitu.*

Lachend lassen wir uns nebeneinander in die dicken Sessel fallen und teilen uns eine Cola. Zwei Strohhalme. Immer, wenn wir trinken wollen, stoßen unsere Köpfe zusammen, und wir können uns vor Lachen nicht halten. Dann die halbe Stunde Werbung, und wir lachen uns über jeden Spot echt schlapp. Zum Beispiel Eiswerbung. Dennis macht dieses Mädchen nach, wie es Eis isst. Ich muss wieder lachen. Nach der Werbung nimmt er meine Hand.

Bei den grausamen Szenen, wo einer bei Dolby Surround abgemurkst wird, quetsche ich vor Angst seine Hand. Alles kommt mir so realistisch vor. So auch ziemlich am Anfang, wo ein schwarzer Reiter die Hobbits verfolgt und die sich unter einer Wurzel von einem Baum verstecken. An einem Pfad. Sie verstecken sich ganz eng drunter, aber der schwarze Reiter spürt, dass sie da sind. Er steigt von seinem Pferd. Die Hobbits haben totale Angst. Man sieht das Pferd gegen das Licht. Es schnaubt. Der Reiter mit seinen schweren Metallstiefeln steigt ab, und die Hobbits bekommen noch mehr Angst. Er beugt sich über den Abhang, an dem der Pfad entlanggeht, schaut den Hang hinunter, und seine schwarze Hand greift auf diese Wurzel, unter der sie hocken. Käfer kriechen heraus, und dann nimmt er seine Hand weg und reitet weiter. Die Hobbits sind gerettet.

Das ist so realistisch! Da denkst du echt, du bist in Mittelerde.

Ich bin vollkommen gelähmt. Ich kann nur meine Hand bewegen. Dennis merkt, wie steif ich bin, und legt seinen Arm um mich.

Samstag, 15. November

Ich habe bald die Ballettprüfung, und daher kann ich Dennis kaum sehen. Ich muss jeden Tag viel tanzen und bin abends so müde, dass ich mich ihm nicht zeigen möchte. Megamüde werd ich so: Ich stehe auf den Spitzen, meine Arme kommen nach oben, die Musik fängt an, und ich frage mich – jetzt die Gegenenergie –, ob der Song D. gefallen würde. Ich drehe mich. Drei Pirouetten schaffe ich, ohne an ihn zu denken, manchmal vier oder sogar fünf. Normalerweise tanze ich vorm Spiegel, damit ich sehen kann, ob ich die Posen richtig hab. Jetzt sehe ich mich immer mit seinen Augen – Gegenenergie. Also mach ich viel ohne Spiegel. Geh nach rechts, schwinge mit der Hüfte nach links, versuche mich in die Musik hineinzuversetzen, mit der Musik zu tanzen. Jetzt sieht er mich, das gibt mir Kraft, ich passe mich an und biege meine Schritte. Wiederhole. Schwinge meinen ganzen Körper, lasse meine Gefühle mittanzen. Liebe!, konzentriert und choreograficbewusst, sodass ich nicht als Besenstiel liebe, sondern dem Körper in einer klaren Form freien Lauf lasse. Es gibt verschiedene Schritte, die das Fundament bilden. In der Liebe. Darauf kann man aufbauen. In der Liebe zu Dennis.

Sonntag, 30. November

So lange habe ich nichts geschrieben. Es lag daran, dass ich so beschäftigt war. Alles, was ich inzwischen gemacht habe: Getanzt, gegessen, sehr viel Schularbeiten und von D. geträumt. Ich muss besser werden in der Schule. Besser werden mit Dennis?

D. hat auch bald Prüfungen. Wir haben viel telefoniert, und er sagt, wir sind jetzt einfach gute Freunde. Er hat Recht; wir verstehen uns, wir mögen die gleiche Musik, normalerweise R&B, Rock, HipHop, die gleichen Filme, *Herr der Ringe* oder *Matrix*. Wir haben sehr viel geredet und was der Sinn des Lebens ist. Am Ende waren wir der gleichen Meinung: Der Sinn ist die Liebe.

Montag, 8. Dezember

Es gibt nicht nur Mühe und Trennung, es gibt auch Wunder. Dennis und ich fahren zum Bundesleichtathletikwettbewerb. Er ist dieses Mal in Stuttgart. Es ist eine lange Fahrt. Dennis und ich sitzen nebeneinander und unterhalten uns. Er hat sich dafür eingesetzt, dass ich einen Platz neben ihm ganz hinten kriege, obwohl ich inzwischen in der Achten bin, aber trotzdem weiter vorne sitzen müsste.

Wir haben eine Menge Spaß während der Fahrt, und in der Jugendherberge fragen seine Freunde abends, ob ich rüberkomme. In seinem Zimmer sitzen sie alle, neun oder zehn Jungs, im Schneidersitz auf dem Bett, er und ich in der Mitte, trinken Cola oder Powerade. Wir verarschen die Lehrer und lachen total ab.

Dennis: »Okay, Herr Garcia gefällt mir schon mal gar nicht.«

Und ich: »Mir auch nicht.«

Alle lachen.

Dann Lino: »Der kann nämlich nicht unterrichten. Du kannst jeden in der Schule fragen. Jeder, der ihn schon mal hatte, sagt, dass er schlecht ist. Der unterrichtet so super wie 'ne Backpflaume. Und stinkt aus dem Mund nach Kaffee.«

Grölen und Lachen.

Und ich: »Ich schreib generell nur Vieren bei ihm. Herr Müller riecht zwar noch schlimmer aus dem Mund, aber ist ein super Lehrer. Ich schreib momentan nur Einser und Zweier.«

Applaus und Jubel.

Dennis: »Okay, der Lehrer ist schuld.«

Und Lino: »Du bist der Affe vom Dienst.«

Alle kratzen sich unter den Armen, grunzen und lachen.

Ich: »Hallo Affe.«

Dennis grinst cool: »Wer ist noch beschissen?«

Lino: »Herr Deckner.« (Den hasst er.)

Dennis: »Den find ich eigentlich ganz okay. Der ist nur etwas verpiddelt, verdiddelt, verdusselt und verschusselt. Läuft immer rum: Japadapa. Älterer Mann, läuft immer ganz schnell rum und macht: Japadapa, okay, alter Papa, trink 'n Schnäpschen, trink 'n Grappa. Und dann stellt er ihn hinter die Bücher oder den Atlas und denkt, keiner hat's bemerkt.«

Alle lachen.

So haben wir uns besser kennen gelernt, Dennis und ich.

Dienstag, 9. Dezember

Im Weitsprung wurde ich Dritte von allen Schulen und Dennis Zweiter beim Sprinten. Lachen und Weinen. Ich bin total lustig drauf und denke an nichts, als Dennis mich plötzlich in den Arm nimmt und fragt, ob ich mit ihm zusammen sein möchte.

»Aber was ist mit Rosi?«, frage ich ihn leise.

»Wir sind nicht mehr zusammen«, antwortet er. Dann wiederholt er seine Frage.

Überglücklich sag ich Ja, und so sind wir ein Paar.

Mittwoch, 10. Dezember

Zurück in Berlin, erzähle ich das all meinen Freundinnen. Sie sind total begeistert, total glücklich. Alle fragen: Was ist passiert? Was habt ihr gemacht?

In der Pause fragt er, ob ich gerne mit ihm etwas unternehmen möchte.

16:00 Uhr

Wir gehen spazieren und halten Händchen, die Sonne sinkt tiefer. Eigentlich ist es ja romantisch, aber trotzdem müssen wir immer wieder lachen.

»Wir lachen immer«, sage ich.

Und er: »Es gibt ein Lächeln der Liebe, und es gibt

ein Lächeln aus Trug, und ein Lächeln des Lächelns, davon haben wir genug.«

»Hey super«, lache ich, »du kannst ja reimen!«

»Das sind Zeilen von einem englischen Visionär.« Er schneidet eine Fratze. »Der hat vorausgesehen, dass wir jetzt im 21. Jahrhundert bei Sonnenuntergang sitzen und lächeln und lachen.«

Und ich voll blöd: »Wiesionär?«

Er macht ihn mir vor, geht vor mir herum, ich denke an meinen alten Buchhändler, den dünnen, und so 'n altes Spazierehepaar denkt, wir sind voll drauf, weil Dennis seine Arme ausbreitet und die fast antatscht. Er spielt einen Blinden, und die Frau ist ein bisschen durcheinander. Dennis hebt die Arme und blickt zum Himmel und sieht fantastische Dinge. Ich stell mir vor, dass einer von diesen Nazgûl auf dem drachenartigen Tier auf der Jagd nach Frodo, Gollum und Sam über den Sumpf fliegt. Jetzt hebt Dennis die Arme, sogar der Mann von dem Ehepaar blickt nach oben auf dieses Tier, so riesig, mit solchen breiten Flügeln, zehn Meter lang.

Aber vielleicht sieht Dennis auch uns beide in einer Blumenschaukel am Mond hängen. Wir müssen natürlich total über das Paar lachen, weil die irgendwas von geistesgestört sagen.

Gut. Witzig. Ich frage ihn, ob er noch 'n Vers kann.

»The women come and go into the room of Michael Angelo.«

«Das gilt wohl für dich?«

Er grinst und sagt: »Du meinst, die Mädchen kommen und gehen in mein Bett?«

Ich antworte nicht. Die Sache mit dem Zimmer

oder dem Bett von Herrn Angelo erinnert mich plötzlich daran, dass ich nach Hause muss.

Er sagt, wir hätten doch in *Herr der Ringe 2* gehen wollen. Eigentlich nicht, aber ich lasse mich überreden.

Wieder habe ich fürchterliche Angst bei den großen Szenen, aber er hält mich fest. Nach dem Kino fahren wir mit der Bahn zu mir. Er bringt mich nicht bis zur Haustür, sondern bleibt zehn Schritte davor stehen, mitten auf dem Weg, sagt tschüss und gibt mir einen tollen Abschiedskuss. Er sieht mich mit seinen Katzenaugen ernst an und geht.

Freitag, 12. Dezember

In der Schule sind wir erst einmal das Topthema. Das ist nichts Besonderes, denn immer, wenn sich ein neues Paar in der Schule findet, ist es die heißeste Nachricht des Tages. Eine weitere gute Nachricht: Rosi guckt mich nicht mehr an.

Montag, 15. Dezember

Dennis hilft mir mit den Hausaufgaben und erklärt mir die Sachen, die wir in Physik durchnehmen. Danach gehen wir zusammen zu den Leichtathletikübungen.

Dienstag, 16. Dezember

Heute holte mich Mama von der Schule ab, weil wir neue Schuhe für mich kaufen wollten. Als ich bei ihr im Auto saß, sahen wir Dennis mit seiner Gang als Letzte aus der Schule kommen, und ich informierte sie, dass das mein neuer Freund ist.

Sie verwandelte sich in tausend Fragen. Was macht sein Vater, was seine Mutter, wo kommt er her, wie lange ist er auf der Schule, ist er in deiner Klasse, wie alt ist er, was sind seine Hobbys? Sie interessierte sich extrem für ihn, und ich versuchte, so viel wie möglich zu blocken. Mein Liebesleben geht ihre Freundinnen, mit denen sie alles betratscht, nichts an. Dennis sieht uns von weitem, kommt plötzlich her, Mama lässt die Scheibe runter, D. schüttelt meiner Mama die Hand, sagt ein, zwei Sätze und verschwindet wieder.

»Das ist ja ’n ganz Netter«, sagt sie. »Der hat wenigstens Manieren.« Wir sprechen über ihn und dies und das, und plötzlich sagt sie: »Ja, er sieht ganz gut aus. Das ist schön. Da hast du wenigstens jemand, der mal gut aussieht.«

Sie findet, dass ich eine unvorteilhafte Knollennase habe und zu dicke Wangen, also ein zu rundes Gesicht und zu kleine Augen. Schweinsäuglein, sagt sie nicht. (Sie sagt, man soll nicht alles sagen, was man denkt.)

Mittwoch, 17. Dezember

Heute war Dennis bei mir zu Hause. Wir machten zusammen Hausaufgaben. Er sitzt zwischen mir und dem Fenster, im Gegenlicht. Er erklärt, und seine Haare fallen über die Augenbrauen. Ich muss ihn immerzu ansehen.

Jetzt liege ich im Bett und denke über den Tag nach. Alles läuft unausweichlich auf die Frage hinaus: Er ist ein so gut aussehender Typ, er kriegt jede, warum nimmt er mich?

Donnerstag, 18. Dezember

Am nächsten Tag auf dem Schulhof fragte ich ihn das. Einige Mädchen liefen gerade vorbei und sahen ihn an, sogar aus der Zehnten.

»Warum bist du mit mir zusammen?«, wollte ich wissen. »Warum nimmst du nicht einfach die oder die?«

»Einfach die oder die nehmen ist doch ganz oberflächlich. Würdest du einfach den oder den nehmen?«

»Nein.«

»Aber Rosi. Sie ist bildhübsch.«

»Du bist auch total schön.«

Das war das Schönste, was ich je gehört hatte. Ich fühlte mich danach wundervoll stark. Doch rief er mich abends nicht zu Hause an. Obwohl er das gesagt hatte.

Ich musste noch Schularbeiten machen, aber ich

konnte mich nicht konzentrieren. Mein Magen war verkrampft, und langsam schnitt ein Messer in mir herum.

Ich legte mich ins Bett und versuchte, ruhig zu atmen. Es half nicht. Immerzu wollte ich das Telefon klingeln hören. Wie gefesselt war ich an den Apparat. An Dennis.

Als ich mit Justin später in der Küche bei der Pizza saß, versuchte ich mich mit ihm zu unterhalten. Ihn interessierte jedoch nur, wie reich er wäre, wenn ihm jeder Mensch einen Cent geben würde. Ich wollte wissen, wie er auf solchen Scheiß komme, und er sagte, diese gute Idee sei von Money. Einen Cent könnte ihm jeder geben, meinte er, das würde keinem wehtun. Jedenfalls wollte er unbedingt wissen, wie viel er dann hat.

Im Gegensatz zu mir sagt er eigentlich nie etwas über sich. Er bestreitet sogar, dass er onaniert, obwohl ich das weiß.

»Los! Wie viel habe ich dann?«

»Dann hast du fünf Millionen.«

»Bist du bescheuert?«

Warum muss er mich immer anbrüllen? »Ich kann das nicht ausrechnen.«

»Los, stell dich nicht so an!«

»Die geben dir sowieso nichts. Dir gibt keiner einen Cent.«

»Los, gib 'n Cent her!« Dann boxt er mich. So geht das immer mit ihm. Er lässt mich nicht in Ruhe.

Das Telefon klingelte. Er rannte hin und drückte das Gespräch weg. Er wusste nicht einmal, wer angerufen hat.

»Und wenn es nun für mich war?« Ich war wütend.

»Du bist ja richtig süchtig.«

Er ist so ein Idiot. Er macht alles kaputt.

Süchtig? Ich glaube, er hasst sich selber. Und mit Papa ist das so: Während ich mich mit ihm unterhalte und ihm auch meine Meinung sage, redet Justin überhaupt nicht mit ihm. Er hört nur zu. Man denkt, er hört gar nicht zu, er ist geistesabwesend. Aber wenn er dann mit mir alleine ist, sehe ich, dass er sich diese ganzen blöden Papa-Sätze über Sucht und Gier gemerkt hat.

Ich nehme meinen Teller mit der Pizza und gehe in Mamas Zimmer.

»Weil du immer das Telefon anstarren musst!«, brüllt er hinterher.

Ich habe es nicht angestarrt, aber als es wenig später klingelt, beantworte ich den Anruf. Ich gebe zu, ich habe den Hörer ziemlich schnell an mein Ohr gekriegt. Aber natürlich ist es Justin, der blöde Idiot, der mir »Suchtschlange« ins Ohr zischt.

Freitag, 19. Dezember

Dennis und ich haben uns heute endlich wieder getroffen. Wir sind nach der Schule die Straße entlanggegangen und haben uns unterhalten. Wir haben uns auf eine Bank gesetzt, die Blumen dufteten, und die Sonne schien. Er küsste mich. In dem Moment kamen Freunde von ihm, und wir waren abgelenkt. Er zog dann mit ihnen davon.

Immer, wenn ich mit Dennis zusammen bin und wir am Wasser sind, glitzert es. Die Bäume glimmen, alles wird hell und warm, und ich fühle mich geborgen. Er kümmert sich – wie soll ich es sagen – ganz wahnsinnig. Ganz oben auf meiner Liste steht Schreiben, also unterstützt er mich darin, und er unterstützt mich auch sonst mit allerlei kleinen freundschaftlichen Sachen.

Nach der Schule hat er auf mich gewartet. »Wie war heute dein Tag?«, will er wissen, als wir zusammen zu dem Mercedes gehen, der ihn abholt. Die anderen gaffen schon nicht mehr, sie haben sich daran gewöhnt.

In dem Auto riecht es nach Leder. Es ist dunkelgrün und besonders weich, aber vor allem liebe ich das Rosenholz.

Ich hole Luft und sage ihm, dass der Tag grauenvoll war. Ich erzähle ihm, wie Herr Müller sich beschwerte, dass ich meinen Aufsatz nicht abgegeben hätte. Ich habe den gleichen Aufsatz schon dreimal abgegeben. Den gleichen. Nicht denselben. Ich habe ihn dreimal geschrieben. Weil er ihn jedes Mal verloren hat. Ich weiß wirklich nicht mehr, was ich mit ihm anstellen soll. Lehrer sagen doch immer, wir Schüler seien unorganisiert. Und dann sind sie selbst total chaotisch.

»Ja, ich weiß, Herr Müller ist wirklich absolut unorganisiert«, sagt er lächelnd. Warme Stimme. Lässig zurückgelehnt. »Wir haben ihn auch. Er ist so ein Nervling. Hat mich auch schon mal wegen meinem

Aufsatz gefragt, ob ich ihn nicht noch einmal ausdrucken kann. »Suchen Sie doch erst mal in all Ihren Akten nach«, sage ich ihm, »nicht nur in meiner Akte. Wahrscheinlich haben Sie meinen Aufsatz einfach in die falsche Akte gelegt.« Er macht eine Pause und strahlt mich an. Und wo war er dann? Natürlich in der falschen Akte.«

»Wirklich?« Das ist ja eine wundervolle Bestätigung für mich.

»Er hat meinen Aufsatz wieder gefunden. In der falschen Akte.« Und strahlt mich an.

Und so unterhalten wir uns über die Schule, über gute Filme wie *Herr der Ringe* und über Hobbys. Er sagt zum Beispiel: »Ich habe beim Skateboarden einen neuen Trick gelernt. Der ist so geil.« Und dann erklärt er mir die verschiedenen Dinge, die man wissen muss, um den Trick zu verstehen. Ich sitze einfach nur da, rieche den Duft von Leder, streichle mit den Fingern über das Rosenholz und nicke. Ich kenne mich mit Skateboarden nicht aus. Also nicke ich und sage: »Zeig's doch mal.«

Als er mich zu Hause absetzt, holt er aus dem Kofferraum sein Skateboard und spielt das Spiel: »Oh, ich weiß nicht, ob ich's dir wirklich zeigen soll. Oh baby, na ja, gut.« Und dann zeigt er es mir, und es gelingt ihm nicht, und ich muss lachen.

Im Moment sitze ich zum Beispiel auf dem Bett, verkrampft und deprimiert, weil ich wieder diese vielen kleinen Pickel habe und Justin obendrein noch höhnt, dass ich hässlich wie ein Stück Klopapier bin. Außerdem habe ich eine Bioarbeit danebengesetzt. Genau in diesem Moment klingelt das Telefon, ich springe auf, ich höre Dennis' Stimme, wie er sagt: »Kurze Info: Du bist die Frau mit einer wunderbaren Zukunft. Schönheit, Intelligenz, Harmonie und Erfolg.«

»Erfolg?«

»Erfolg bei mir.« Dann lacht er.

Ich sinke aufs Bett und danke Gott für das Glück. Das Glück, das von Dennis kommt. Was immer er sagt, es ist entweder verständnisvoll oder lustig. Ich weiß, am Anfang ist es immer so. Aber Irrtum. Das Ding mit Dennis läuft jetzt schon mehrere Wochen, und trotzdem weicht er nicht von meiner Seite. Wenn ihn nichts Familiäres hindert, hat er immer Zeit für mich.

Warum bin ich trotzdem immer wieder skeptisch?

Es könnte ja auch irgendwo einen Fehler geben, der sich meinen Blicken entzieht. Einmal, zum Beispiel, musste ich mich beim Sport vor dem Schwimmen blitzschnell umziehen. Ich zog meinen Slip aus, warf ihn auf den Boden, und in dem Moment bemerkte ich, dass er nicht ganz astrein war. »Ich trage immer Schachbrettmuster«, kam es mir plötzlich über die Lippen. Er grinste und sagte: *»I love all your patterns.«* Ich liebe all deine Muster.

Wenn ich mit ihm zusammen bin, ist der ganze Tag schön. Wenn ich mit einem Lehrer oder meinen Eltern Stress gehabt habe, treffe ich ihn, und alles ist wieder wunderbar. Das ist eine ganz neue Erfahrung. Und auch Dennis erzählt mir, wie schön er unsere Beziehung findet. Vor seinen Freunden sagte er, dass er noch nie so eine Frau getroffen hat, noch nie so ein Mädchen, das er so mochte.

Kann ich das meinen Freundinnen erzählen?

Früher war Weihnachten mehr etwas Spirituelles und ganz Tolles, jetzt ist es etwas Materielles. Wie jedes Jahr vor Weihnachten gehe ich darum auch dieses Jahr nicht einkaufen. Erstens hasse ich shoppen, zweitens habe ich kein Geld, drittens habe ich keine Lust und viertens keine Zeit.

Und mit wem soll ich shoppen gehen? Alleine? Shoppen alleine ist langweilig. Einfach nur öde. Und wer soll mir denn bitte schön das Geld geben, für jedes kleine Arschloch ein Geschenk zu kaufen? Gut, zahlen wir mit Sterntalern, ist ja Weihnachen. Aber dann ist noch die Frage, soll es nur sein, um einem anderen zu zeigen: Ich denke an dich? Oder soll es etwas richtig Großes und Nützliches sein? Oder weil das Schenken mein Herz erfreut? Oder das Geschenk den anderen? Ich weiß es nicht. Also verschenke ich nichts. Außer: Etwas, wozu der freudige Zufall mich treibt. Das Peinliche ist dann, wenn ich Geschenke bekomme und selbst nichts zurückgebe. Soll ich dann lächeln und die Peinlichkeit aushalten? Jeka und ich sagen uns: »Hey, wir wissen, dass wir uns beide gern haben, wir schenken uns nichts.«

Mit den Weihnachtskarten ist das auch noch so 'ne Sache. Ich selbst habe noch keine verschickt. Justin war sogar einmal in seinem Leben nützlich: Er hat mir erklärt, wie ich über Outlook einen Gruß mit individueller Anrede an alle dreißig oder hundert Leute schicken kann. So: Liebe Omi, Hallo Opi, Süße Jeka. So mach ich's.

Heute Morgen, ich habe noch geschlafen, klingelt das Telefon. Ich bin sofort wach und am Hörer. Manchmal denke ich, das Ding ist ein Teil von mir. Es klingelt in meinem Kopf, ich stürze hin, und niemand ist dran. Crazy. Ich erzählte es Jeka, und sie sagte: »Njet crazy. Crazy for love.«

Diesmal aber hat's wirklich geklingelt. Es ist Dennis. Mein Herz fliegt auf. Und jetzt kommt's: Er fragt mich, was ich Weihnachten mache. Wir haben nie darüber gesprochen. Seit ich mit Dennis zusammen bin, gibt es keine Zukunft. Ich habe Mühe, mich an die Schularbeiten für den nächsten Tag zu erinnern. (Danke, Computer, dass du mich an bestimmte Aufgaben erinnerst.)

Ja, was mach ich eigentlich Weihnachten? »Gar nichts«, höre ich mich sagen. Zittert meine Stimme? Natürlich werde ich alles machen, was er vorschlägt.

Er sagt, dass er mit seinen Eltern in die Karibik fliegt. Sie verbringen da die Weihnachtstage. (Das hat er schon einmal erzählt.) Aber er lädt mich ein! Geil! Super! Wahnsinn! Seine Mutter hat das vorgeschlagen. Ich bin eingeladen!

Plötzlich habe ich Salzgeschmack im Hals. Oder Sodbrennen. Denn ein Gedanke schießt quer: Papa hat Justin und mir für Heiligabend einen Flug nach Ibiza gebucht. Also muss ich ihn erst fragen. Und Mama natürlich auch.

»Ja, toll, super, ich komme gerne mit, aber ich muss erst noch meine Eltern fragen. Das wird schon okay gehen, aber fragen muss ich trotzdem.«

Er sagt okay, und ich soll ihn dann anrufen.

Ich bin ganz aufgeregt. Ich rufe Papa zuerst an, der ist immer schon früh auf. Ich habe ihn gleich am Telefon und bitte ihn zurückzurufen.

Ich starre das Telefon an und warte bibbernd. Es klingelt.

»Hallo, Papa, ich hab dir doch von Dennis erzählt. Seine Eltern haben mich über Weihnachten in die Karibik eingeladen, darf ich da mit?« Sag, klar, kein Problem. Los, sag das!

»Was ist dein Grund, alle Pläne umzuschmeißen und da mitzufliegen?«, fragt er.

O Gott, was soll ich sagen? Was ist mein Grund? Überhaupt in Papas grundlegender Art. Vergnügen, Lust, Glück? Was?

Ich will gar nicht das sagen, was wahr ist, ich will das sagen, was ihn dazu bringt zu sagen, klar, kein Problem.

»Das sind total nette Leute, und Dennis ist ein total guter Freund von mir.«

Und er: »Das freut mich *total*. Aber was mich in diesem Zusammenhang interessiert – änderst du immer deine Pläne, wenn *total* nette Leute dich einladen?«

Verarscht er mich? Ironie oder Zynismus brauch ich jetzt gerade nicht. Ich merke, wie meine Angst meine Wut im Zaum hält. Ich also: »Nein, natürlich nicht. Es ist nur dies eine Mal.«

Und er: »Was ist der Grund für dies eine Mal?«

Ich könnte ihn umbringen, reiß mich aber zusammen. »Dennis und ich sind verliebt. Wir wollen die Zeit zusammen verbringen. So viel Zeit wir können.

Und da haben wir nur die Ferien, sonst ist ja Schule und die vielen Kurse und Sport und Tanzen, das nimmt die meiste Zeit ein. Und Mama will ja, dass ich immer um zehn zu Hause bin.«

»Eine Liebesreise also.«

»Du kannst es so nennen, wenn du willst.«

»Meine Meinung ist – NEIN. Ich bin bereit, dir das zu erklären, wenn du hier bist.«

Das war's dann wohl. Ich hab's bei Mama dann zwar noch versucht, aber das konnte ich mir von vornherein abschminken.

Um 12:11 Uhr habe ich Dennis angerufen und abgesagt.

Er hat mich nicht getröstet.

Dienstag, 23. Dezember

Heute war der Tag, an dem ich mich um Weihnachtsgeschenke kümmern wollte, aber ich hatte keine Lust. Ich habe nicht einmal Lust, das aufzuschreiben.

Es ist inzwischen kurz vor Mittag, aber ich sage Gute Nacht. Die Welt versinkt in Finsternis.

Mittwoch, 24. Dezember

Ich sitze im Flugzeug. Sie spielen *Stille Nacht.*

Für mich hat Weihnachten eine tiefere und wärmere Bedeutung. Es ist ein Fest, das man mit seiner Familie feiert. Diese Tradition möchte ich weiterführen. Einen Tannenbaum schmücken, James-Last-Kassetten hören und dabei einfach nur Weihnachtssterne fressen. Es ist dieses gewisse Etwas, das man mit der Familie teilt.

Ich weiß nicht, wie dies Weihnachten aussehen wird, aber es sind schlechte Momente, weil ich Mama heute nicht sehen konnte und sie auch gestern nicht zu Hause war. Wir fahren auch nicht zu den Großeltern, weil wir ja zu Papa müssen. O mein Gott, wie dumm. Ich will da nicht hin. Letztes Jahr hab ich Weihnachten mit Mama und Manni und Justin verbracht. Wir hatten Hühnerpastete. Manni hat schön gekocht und alles liebevoll vorbereitet, und Mama ist abends erst von der Arbeit gekommen, aber alles war total super. Und dieses Jahr?

Papa holt uns vom Flughafen ab. Ich seh richtig seinen Schreck, als er bemerkt, dass Justin mittlerweile genauso groß ist wie er. Er weiß nicht so recht, wie er ihn begrüßen soll: Soll er ihn umarmen, soll er ihm die Hand schütteln? Justin lächelt ein bisschen, wackelt mit dem Oberkörper hin und her und wartet ab.

»Ich möchte, dass Justin im Appartement schläft«, sage ich gleich. »Ich möchte nicht mit ihm unter einem Dach schlafen.«

Papa will uns in den Arm nehmen, aber das klappt nicht.

Es ist Heiligabend, Papa hat bestimmt keinen Tannenbaum, kocht wahrscheinlich wieder Spaghetti mit Tomatensoße, hat keine kleinen Kinder mehr und muss sich allmählich auf ein Leben vorbereiten, wo die Leute nur noch über sein Alter reden.

Als wir bei ihm ankommen, muss ich zugeben, dass ich zum Teil Unrecht habe. Papa entwickelt sich doch weiter: Im Küchenradio laufen jetzt nicht mehr die Songs aus den Achtzigern, sondern aus den Siebzigern:

And here's to you, Mrs. Robinson

Jesus loves you more than you will know. Wo wo wo.

Oder es kommt *Englishman in New York* von Sting, *Sailing* von Rod Stewart, *The Rocket Man* von Elton John und – last but not least – *Love is in the air*.

Liebe liegt in der Luft – na, geb's Gott.

Mit einem hatte ich aber doch Recht: Spaghetti mit Tomatensoße.

Ich sage: »Vielen Dank, hab im Flugzeug gegessen« und ziehe die Tür hinter mir zu.

Donnerstag, 25. Dezember

Heute haben wir um zwölf zusammen gefrühstückt, wie immer. Papa wollte wissen, wie es in der Schule gelaufen ist. Ich habe ihm erzählt, dass ich kurz vor den Ferien eine Geschichtsarbeit in den Sand gesetzt habe. Über die Französische Revolution. Er machte eine erstaunte Miene. Er denkt wohl, in Geschichte haben wir nur die historische Entstehung des Lippenstifts.

»Warum?«, will Papa wissen.

»Das hab ich meinen Lehrer auch gefragt. Er meint, ich hätte nicht genug erklärt, warum die Französische Revolution entstand. Da war ich anderer Meinung, denn ich sollte aus der Perspektive eines Bauern schreiben, und da kann ich doch nicht sagen: Die Revolution entstand ursprünglich in den Köpfen, und zwar beim ersten Treffen der Bürger, als sie sich Gedanken darüber machten, warum es jetzt so wenig Brot gibt. Das wäre zwar die richtige Antwort, aber so würde kein Bauer reden. Das würde doch kein Bauer sagen. Der Bauer würde denken, ja, die Revolution entstand, damit die Bastille fallen konnte.«

Papa wollte sich dann mit mir über Robespierre und diese Leute unterhalten, aber ich wollte erst mal wissen, wann ich ein paar Freundinnen treffen darf.

Er sagte: »Die Weihnachtszeit ist eine besinnliche Zeit, da wird nicht herumgelaufen.« Natürlich dachte er, mir geht's nur um die Typen. (Voll daneben, denn ich denke nur an Dennis; vielleicht sollte ich Cappy aber wenigstens eine Karte schicken? Von Ibiza nach Ibiza.)

Dann gab es eine kleine Familienrevolution, weil ich das nicht einsah. Aber man kommt bei ihm ohne Führerschein und Auto nicht weg. Man *stürmt* eben nicht die Bastille, man *sitzt* in ihr. Es war nichts zu machen. Also musste ich mich auf ein Gefangenenleben einstellen. Warum bin ich überhaupt hergekommen?

Freitag, 26. Dezember

Ich stehe früh auf, ich schreibe, ich frühstücke, ich jogge, ich lese, ich tanze, ich meditiere. Was noch? Nichts.

Ich fange wieder von vorne an.

Ich hätte totale Lust, meine Freundinnen zu treffen und mit ihnen länger wegzubleiben. Das ist immer so lustig. Wir machen Scherze, und ich hätte mal eine gute Zeit. So eine Party wie im Sommer bei Sofie. Feiern und dann gleich im selben Haus übernachten. In Berlin geht das nur bei den Jungs. Weil die Mädchen die Leute nicht zu sich einladen. Sie haben Angst, dass die Jungs die Zimmer auf den Kopf stellen. Unsere Wohnung in Berlin ist sogar dafür zu klein.

Sonntag, 28. Dezember

Die Tage gleichen sich. Einer ist wie der andere. Jolle, eine alte Freundin von Papa, ist noch gekommen, und Anna natürlich. Aber auch da ist alles gleich: Um zwölf frühstücken wir zusammen auf der Terrasse, alle schwärmen von dem schönen Wetter und dem schönen Blick aufs Meer, dann fängt Papa irgendein Thema an, Anna klinkt sich ein, Papa sagt etwas, und Anna denkt, sie muss dann gleich rennen. Papa sagt: »Ich finde, wir sollten mehr Fisch essen«, und Anna weiß, sie muss zum Fischmarkt. Ich denke das nicht. Er kann zum Beispiel sagen, dass ich nicht mit Dennis' Familie in die Karibik fliegen soll, aber die Entscheidung bleibt bei mir. Ich hätte mitfliegen können. Für ihn wäre das okay gewesen. Ich weiß das. So ist er. Crazy for freedom. Er sagt bloß seine Meinung. Allerdings hatte ich mich entschieden, Mama zu fragen, und die verbot es.

Für Anna ist alles, was Papa sagt, ein Befehl. Ich finde, Anna ist erwachsen und hat die in der Verfassung verbürgten Rechte, und es ist ihre Sache, sie zu nutzen. Papa so: »Warum soll ich ihr jedes Mal sagen, dass sie ein Recht auf ihre Freiheit hat?«

Anna hat sich darüber aufgeregt, dass sie sich um uns Kinder kümmern soll. Sie hat nicht eingesehen, dass es nur seine *Ansicht* war, und dass er die eben gerne sagen möchte. Die Pflicht, sich um seine Kinder zu kümmern, hat natürlich er. Sie kann machen, was sie will.

Ich glaube, ich bin die Einzige, die ihn in diesem Punkt versteht.

Bei Mama ist das schwieriger, weil ich oft nicht weiß, was *ihr* Recht über mich ist und wo *mein* Recht über mich beginnt. Schlagen darf sie mich nicht. Okay, das hab ich verstanden. Aber darf sie mich anbrüllen, wenn ich die Wohnung nicht aufräume? Muss ich für sie einkaufen gehen? Darf ich alle Dinge sagen? Ich bin dreizehn, besteht da für mich in unserer kleinen Wohnung das Recht zur freien Meinungsäußerung?

Jedenfalls hält sich Justin nicht an die Gesetze. Darum musste ich ihm heute mal Grenzen setzen. Ich sagte: »Fass mich nicht an. Du darfst mich nie anfassen, egal, worum es geht. Versuch mich nie anzufassen, es sei denn, jemand schubst mich. Fass mich bloß nicht absichtlich an!« Und noch eine Regel: »Sprich mich nie an, es sei denn, du bist dazu gezwungen.«

Er müsste es eigentlich verstehen. Aber er respektiert so etwas nie. Er kam kurz drauf an und sagte: »Hi, Mona, na, wie geht es dir so.« Das darf er aber nicht. Er darf nicht mit mir Kontakt aufnehmen. Aber das versteht er nicht. Er ist einfach zu dumm.

Dienstag, 30. Dezember

Eben habe ich versucht zu schreiben, und das hat nicht geklappt. Ich habe mal wieder eine Blockade. Wenn ich eine Blockade habe und verkrampft versuche, trotzdem zu schreiben, macht mich das müde. Dann brauche ich ein Aufputschmittel. Wenn ich dann die Blockade wieder habe, bin ich durch die Cola noch müder. Deswegen kann ich das nicht empfehlen.

Bei mir gibt es einen Trick, diese Blockade loszuwerden und die Gefühle mitschreiben zu lassen: Ich fange an zu schreiben, ich weiß nicht, wo mir der Kopf steht. Nichts ist sehr konzentriert. Ich habe nicht viel Kraft. Auf einmal geht's mir schlecht. Mir ist schwindelig. Alles dreht sich. Was passiert? Ich weiß es nicht. Als Nächstes lege ich mich auf den Boden. Ich vergesse alles um mich herum, sodass nur noch ich da bin. Nur noch ich und der Raum. Dann kommt ein Konkurrenzkampf zwischen mir und dem Zimmer. Je größer der Raum, desto härter der Kampf. Es geht nur noch darum, die Gefühle auf meine Seite zu kriegen. Das heißt so viel wie: Die Gefühle müssen mitschreiben.

Ich stehe auf, trinke einen Schluck Wasser, damit der Kopf wieder klar wird, und spanne mich an. Mache Übungen. Der ganze Körper zittert, aber ich spanne mich an. Stretching. Ich höre ein Lied, ich fange an zu schreiben. Die Sätze quetschen sich mit den Gefühlen aus mir heraus. Die Wände stehen still. Das Zimmer gibt nach. Du schreibst. Du dominierst das Zimmer. Alles klappt nach Plan. Die Bilder rutschen aufs Papier. Du veränderst sie, sie folgen, denn die Herrscherin bist du mit deinen Gefühlen.

Du kontrollierst dich nicht durch Nochmallesen. Du schreibst. Alles explodiert und fließt. Du fühlst dich berauscht. Du lebst jedes Gefühl. Hass, Trauer, Wut, Freude. Und du schreibst in Liebe.

Mittwoch, 31. Dezember

Heute ist Silvester. Tataa! Das Jahr zu Ende. Alle feiern. Aber ich nicht. Silvester auf Ibiza ist einfach nur scheiße.

Es war so: Am Anfang fing alles gut an. Wir haben mittags schön gebruncht. Wir sind zum Strand gefahren und spazieren gegangen. Es war vorgesehen, dass wir abends in der Stadt das versprochene Feuerwerk bestaunen. Am Abend haben wir gekocht und gegessen. Eigentlich hätte alles harmonisch sein können. Aber plötzlich kam von den Erwachsenen: »Wir wollen nicht hin, wir sind müde, es ist so schön, die Kerzen, das Essen war so gut.«

Ich war so was von angepisst. Ich kann nicht verstehen, warum alle mir versprechen, es wird ein Feuerwerk geben, und dann? Ich bin feuerwerkfanatisch, *I'm, so to speak, a pyromaniac*. Und ich kann's einfach nicht leiden, wenn mir jemand was verspricht und es nicht hält.

Ich bin ganz leise vom Tisch aufgestanden und weggegangen. Papa fand das nicht angemessen. In meinem Zimmer habe ich geheult, weil ich sehr verletzt war. Ich fühlte mich belogen und betrogen. Papa kam hinterher und fragte: »Wieso bist du weggelaufen?«

Und ich: »Ja, weil ich heulen muss. Das siehst du doch.«

Und er so: »Ach so, ich dachte, weil du jetzt einfach nur trotzig sein möchtest.«

Und ich: »Nee, trotzig war ich sowieso, aber ich wollte heulen.«

Und er so: »Aha.« Und dann hat er mich gefragt, was genau das Problem sei.

Und ich meinte so: »Ihr habt versprochen, dass wir das Feuerwerk sehen, und nichts ist so verlaufen, wie ich es mir gewünscht habe. Der Tag war sowieso 'n bisschen mau, und jetzt sehen wir noch nicht einmal das Feuerwerk. Und deine Silvester sind sowieso beknackt. Und Dennis ist auch nicht da.«

Er meinte dann: »Ja, möchtest du denn noch fahren oder lieber was anderes?«

»Am liebsten würde ich das Feuerwerk sehen.«

Und er: »Okay, dann machen wir das.« Er war ein bisschen angesäuert. Jolle und Justin sind dann doch mitgekommen. Also sind wir losgefahren. Und als wir ankamen, waren da schon viele Gäste, eine Band spielte, Jolle und ich haben getanzt und auf das Feuerwerk gewartet. Nach Mitternacht hab ich 'n buntes schönes Feuerwerk gesehen. Dann bin ich ziemlich zufrieden nach Hause gefahren. Ich schickte Dennis einen Kuss in den Himmel.

Freitag, 9. Januar

Als ich zurückflog, saß ich am Fenster und weinte. Weil Anna mich am Flughafen so herzlich in den Arm genommen hatte? Weil es mit Papa nicht so schön war? Weil Justin den Koffer gegen meine Knie gerollt hatte? Oder weil ich Dennis bald wieder sehen würde? Ich weiß es nicht.

Sonntag, 11. Januar

Morgen ist der erste Schultag. Dennis und ich werden uns endlich wieder sehen! Als ich im Bett liege, bohrt der Gedanke in mir herum, dass er sich in den Ferien in eine andere verliebt haben könnte, während ich auf Ibiza im Käfig saß. Außerdem habe ich Pickel. Ich weiß, es wird eine Katastrophe werden.

Auf dem Platz vor der Schule seh ich ihn. Ich bin total glücklich.

Er steht da und lächelt. »Ich habe auf dich gewartet.«

Ich weiß nichts zu sagen. Wir küssen uns und gehen zum Schließfach. Dabei versuchen wir, uns alles zu erzählen. Aber die Zeit reicht nicht. Wir gehen zum Unterricht und müssen uns vor der Klasse trennen. Ich schwebe durch die Stunden oder gehe neben ihm auf einem Regenbogen über die Stadt. Die vollendete Harmonie.

In der Pause will ich ihm das sagen. »Merkwürdig«, sage ich.

»Was?«

»Dass es so unglaublich harmonisch zwischen uns ist.«

»Nein«, sagt er.

Das ist das erste Mal, dass unsere Meinungen auseinander gehen. Es ist die erste kleine Auseinandersetzung. Ich erkläre ihm, wie ich alles seit dem Anfang unserer Beziehung empfinde und wie hibbelig mich das Perfekte daran macht.

»Stimmt«, sagt er lächelnd. Aber er lächelt woandershin. Hört er überhaupt zu?

»Ist das etwas Schlechtes oder etwas Positives?«, versuche ich es noch einmal.

Stille. Er antwortet nicht. Ich kann seinen Atem hören. Niemals zuvor war zwischen uns so plötzlich eine Stille.

Dienstag, 13. Januar

Heute war ich mit Axel am Tauentzien. Wir liefen herum und sahen uns Geschäfte an, und er fragte, was mit Dennis und mir los gewesen sei.

Ich erzählte ihm von unserer ersten Meinungsverschiedenheit. Er wollte wissen, wie es dazu gekommen war.

»Ich habe gesagt, dass ich diese perfekte Harmonie zwischen ihm und mir merkwürdig finde.«

Axel schüttelte den Kopf. »Wie kann man eine Unterhaltung so anfangen, wenn alles so gut läuft? Wie kannst du auf so eine Idee kommen, auf etwas so Negatives?« Er sah mich an. »Oder läuft es doch nicht so gut?«

»Doch.«

Während ich das schreibe, fällt mein Blick auf ein Fünf-Cent-Stück. Ich nehme es und überlege mir: Alles geht gut – Bild oder Zahl? Das Bild ist eine Kathedrale. Das nehme ich. Ich werfe. Es fällt auf den Boden. Ich springe schnell hin. Bild! Wow! Wie schön. Alles wird gut werden.

Mittwoch, 14. Januar

Heute wollte Dennis, dass ich mit zu einer Party komme. Bei einem Freund. Er wollte, dass wir da über Nacht bleiben. Leider musste ich ihm sagen, dass Mama das niemals erlauben würde. Schon gar nicht jetzt, wo ich jeden Tag nach der Schule Ballett habe und abends für eine Mathearbeit am Montag pauken muss. Mama ist am Wochenende zu Hause und hat gesagt, dass sie da mit mir Mathe machen will.

Dennis denkt bestimmt, ich habe keine Lust. Er weiß nicht, wie schwer mir die Absage gefallen ist. Ich kann es ihm auch nicht sagen.

Es ist klar, die nächste Zeit ist Sauregurkenzeit, wie Mama das nennt. Heute Morgen beim Frühstück hat sie zusammen mit dem Teelicht ihr mildes Lächeln angezündet und gesagt: »Da musst du durch.« Sie hat leicht reden, ihr Manni tut alles, was sie will.

Montag, 19. Januar

Bei der Mathearbeit hatte ich nicht so viel Angst, weil ich vor etwas anderem viel größere Angst habe: Dass Dennis morgen Abend nicht zu unserer Verabredung kommt, weil ich nicht mit zu der Party ging. Wie komm ich nur auf so blöde Gedanken?

Dienstag, 20. Januar

Habe heute den ganzen Tag auf den Abend hingefiebert. 19:00 an der Schule. Er ist da! Wir nehmen uns in den Arm. Er schlägt vor, dass wir zu ihm gehen, weil er mir an seinem Computer die Fotos von Weihnachten zeigen will. Wenn ich schon nicht mitkommen konnte, soll ich jetzt wenigstens sehen, wie es war.

Ein kleiner Pfad führt von der Straße zum Eingang des Hauses. Im Garten vorne sind riesige kugelrunde Rhododendron-Büsche. Ich glaube, es sind Leute im Haus, aber wir treffen niemand. Sein Zimmer ist im ersten Stock und sieht ziemlich chaotisch aus. Ich habe noch nie so viele Videogames, DVDs und CDs gesehen. Ein ganzes Regal an einer Wand ist voll, auf den Fensterbrettern und auf dem Boden hohe Stapel.

Er hat einen irre großen Schreibtisch aus Glas und Stahl. Da drauf steht sein Computer. Das Bett ist gemacht, aber nicht von ihm; das sehe ich sofort.

Er verschwindet und kommt mit einer Flasche Whisky und einer großen Cola zurück. Ich trinke Cola. Er nimmt einen Schluck Whisky und steckt sich einen Joint an. Er hält ihn mir hin, aber ich will nicht. Er ist irgendwie anders, so, als wenn er die Angst vor seinen Eltern überspielen muss. Vielleicht sind sie sehr streng. Er schiebt *Guilty Conscience* in den CD-Player. Ich finde Eminem nicht schlecht, aber es ist auch nicht gerade meine Lieblingsmusik. Eher Justins Musik. Justin labert die Texte immer mit und redet dann darüber und erzählt sie mir noch mal, obwohl ich sie schon alle fünfmal gehört habe. So macht es Dennis auch. Er erzählt mir, wie Eminem nach Hause gekommen ist und sich mit seiner anderen Stimme gestritten hat, die ihm abriet, aus Eifersucht seine Frau zu erschlagen oder zu erschießen, aber er macht es trotzdem und legt sie dann in den Kofferraum und fährt zusammen mit dem Baby an den *beach*, wo sie die Mutter im Meer schwimmen lassen. Nicht zum Lachen. Nicht für mich.

Dennis lächelt mich an. Dann sagt er so in der Snoop-Dogg-Art, dass ich 'n geilen Hintern habe und ob wir den Ballon mal steigen lassen wollen.

»Welchen Ballon?«

»Ist nur so 'n Spruch.«

»So 'n Spruch? Oder meinst du mit Ballon, wir sollen ein Kondom nehmen?«

Und er grinst: »Hey Baby, das ist 'ne heiße Idee, das können wir machen, aber erst mal fangen wir so ein bisschen an, dann machen wir das.« Er hebt meinen Rock hoch und will mir Strumpfhose und Slip herunterziehen.

Ich halte seine Hand fest. »Hey, ich will die Fotos aus der Karibik sehen.«

Er stellt seinen Computer aber nicht an, sondern nimmt mich in den Arm und küsst mich. Wir knutschen richtig. Es ist ganz schön heiß. Mir wird schwindlig. Aber ich mache mich los und rede wieder von den Fotos.

»Du hast doch am Achten Geburtstag, oder?«, fragt er plötzlich.

Ich bin erstaunt, dass er das weiß. »Und?« Es stimmt. Am achten Februar habe ich Geburtstag. Die Mutter von Papa hat immer gesagt, das ist ein Wintergeburtstag, das klingt wie eine Schlittenfahrt mit klingenden Glöckchen und knirschenden Kufen. Obwohl es meistens regnet. Aber dieses Jahr nicht. Es hat draußen gerade zu schneien begonnen.

»Wir machen eine Party und feiern in deinen Geburtstag rein. Wir laden alle ein, und dann wissen alle, wir sind zusammen, und dann ist es okay, dann können wir auch alles zusammen tun.«

»Zahlt meine Mutter nicht.«

»Ich lade dich ein.« Er macht eine Bewegung mit dem Arm wie ein Flamingo und lacht.

Wow! Hey man! Hey woman! Ich denke an die Kaugummikugeln, die ich in der Tasche habe, rot, blau, grün, weiß, und dann an einen Hurrikan, der durchs Fenster bläst und wie unsere Haare in der Windrichtung rechtwinklig vom Kopf abstehen und ich mich an ihn klammere. »Wo hast du das Geld her?«

»Mein Daddy zahlt das.«

»Und dann feiern dein Daddy, du und ich?«

»Du lädst alle ein, die du willst.«

Ich bin platt.

Dennis erzählt mir noch, dass er morgen für eine Woche mit seinem Geographiekurs nach Barcelona fährt. »Ruf mich auf meinem Handy an, wenn wir die Party machen wollen.«

»Wann sehen wir uns wieder?«

»Dienstag kommen wir irgendwann tagsüber zurück. Wir können uns dann abends sehen.«

Er küsst mich auf dem Vorgartenweg. Ich lasse dabei die Augen auf und sehe eine Sternschnuppe.

Auf dem Heimweg denke ich, Dennis will echt, dass ich die Party gebe, und lache darüber, weil ich mir vorstelle, dass in unsere kleine Wohnung alle unsere Freunde kommen. Ich sehe sie aus dem Fenster quellen und einen Stock tiefer in den Schnee purzeln. Er meinte es aber ernst und fragte mich ja auch, wen ich einladen würde.

»Na ja, Jeka, May, Sofie, Steffi, Leona, Valery, Anja, Axel, Lino, Hoube, Axel S., Zwiebel, Helen, Anna, Krishi, Krishis großen Bruder Jule, Gerry, George, Audrai, Alexei, Piquo. Mehr haben eh nicht Platz.«

»Wir machen es im Clubhaus von Rot-Weiß«, sagt er. Das ist der Tennisclub in der Nähe unserer Schule.

»Okay. Dann kommen noch Sebastian, Gisela, Jenny, Lore, Kristina, Dagi, Kerstin, Gino, Madeleine, Netti, Sorbas und die anderen alle«, lache ich, und plötzlich fiel mir Rosi ein. »Soll ich Rosi auch einladen?«

»Ja, sicher«, sagt er und zwinkert mir zu. »Rosi wird doch die Rose des Festes.«

Donnerstag, 22. Januar

Ich habe zwei Tage lang über die Party und die Rose des Festes nachgedacht und bin zu dem Schluss gekommen: Warum eigentlich nicht. Machen wir's und laden auch Rosi ein. Man lernt neue Leute kennen, hat Spaß und tanzt ab. Hat einfach einen guten Abend mit fünfzig bis sechzig Leuten.

Ich hab sogar Omi angerufen. Ich wollte sie fragen, ob sie glaubt, dass Mama mir das erlauben wird. Hat nicht wirklich viel gebracht. Als ich ihr erzähle, dass Dennis mir die Party schenkt, kommt sie mit einem ihrer Mottensprüche: »Vorsicht, Monalein. Nichts im Leben ist umsonst.« Das hat mich ehrlich verletzt, denn ich dachte, Omi würde sich für mich freuen und mir sagen, wie toll sie Dennis findet. Egal. Ich rufe ihn an und sage, dass wir das machen. Mama wird schon nichts dagegen haben.

Abends im Bett träume ich von der Party.

Sonntag, 25. Januar

Heute habe ich immer wieder getanzt. Dann geht es mir besser. Nur dabei kann ich mich konzentrieren. Wenn ich Mathe mache oder Bio, denke ich immer nur an Dennis.

Dienstag, 27. Januar

Endlich ist Dennis wieder da. Er sagt, er hatte auf der Reise Sehnsucht nach mir. Und außerdem hat er mit seinem Vater geredet. Sein Vater war erst ein bisschen sauer, weil er dachte, die Party soll bei ihnen zu Hause sein, aber im Tennisclub fand er das okay. Er hat den Club angerufen und gesagt, dass sein Sohn vorbeikommt und sie mit ihm alles absprechen sollen.

»Was absprechen?«, frage ich.

»Wir sollten morgen Nachmittag hingehen und denen sagen, wie deine Party sein soll.«

»Gut«, sage ich. »Warum nicht. Müssen wir machen. Wo?«

»Nach der Schule beim Pförtner.«

Seine HipHop-Gruppe kommt vorbei – Hey man, cool –, und wie ein Blatt, das vom Wind mitgenommen wird, ist er verschwunden.

Ich begossener Pudel stehe bei den Schließfächern und muss mich festhalten, weil mir schwindlig ist. Wie ein begossener Pudel ist so 'n Ausdruck von Mama. Ich muss lächeln, aber mein Lächeln vergeht, als ich an Mama denke. Mama wird bestimmt sagen, dass eine so große Party unnötig ist. Und Papa? Er sagt sowieso zu fast allen Vergnügungssachen Nein. Muss ich ihn eigentlich überhaupt fragen? Er ist weit weg. Und sagt ja auch »nur seine Meinung«. Wenn ich mich auf ungewöhnliche Sachen einlasse, ist seine Ansicht, muss ich mit mehr Leid rechnen und damit auch fertig werden. Okay, kein Problem. Oder wie Sofie sagt: Das Partyleid ist das Partykleid.

Mittwoch, 28. Januar
16:00 Uhr

Dennis wartete nach der Schule auf mich, wie wir das besprochen hatten. Wir gingen zusammen zum Tennisclub. Hand in Hand.

Der Club hat einen schönen großen Raum und mehrere kleine. Durch die Fenster, die bis auf den Boden reichen, kann man auf die Tennisplätze und in den Park sehen. Die großen Bäume sind schwer mit Schnee beladen. Eine Couch ist da und mehrere Sofas und viele gemütliche Stühle. Es gibt kleine Tische und richtige Esstische. Die Sekretärin zeigt uns alles.

»Keine Luftballons«, sage ich zu Dennis.

»Wir können die Ziehharmonika-Tür aufmachen«, sagt die Sekretärin und schiebt die Tür auf. Dennis geht in den nächsten Raum. Dort ist die Bar.

»Dahinter ist die Küche. Von hier aus servieren wir Essen und Getränke.«

Ich nicke. »Keine Zitronen- oder Schokoladenkuchen bitte.« Am liebsten hätte ich gefragt, welche Getränke sie servieren, aber aus meinem Mund kommt plötzlich: »Haben Sie auch einen Bodyguard an der Tür?«

Sie schaut dumm aus der Wäsche. »Es sollen nur die Leute reinkommen, die auch auf der Gästeliste sind«, sage ich. »Wenn die dann jemand extra bringen, muss ich gerufen werden.«

Sie überlegt einen Moment und sagt, diese Aufgabe an der Tür könnte der Platzwart übernehmen.

»Was noch?«, fragt Dennis cool.

Ich weiß nicht. Was soll ich sagen? Was soll man sagen? Ich sage einfach: »Ein DJ soll die richtige Musik auflegen.«

Die Sekretärin blickt mich wieder erstaunt an, als wollte sie sagen, hey, wir sind ein Tennisclub und keine Disko.

»HipHop, R & B und Techno«, sage ich. »Ich bringe CDs mit, und ein paar Freunde von mir können CDs mitbringen. Auf jeden Fall brauchen wir einen Platz, wo kein anderer hinkann, damit keine CDs verschwinden. Und dann brauchen wir noch Plastikgläser und Plastikteller, damit nichts kaputtgeht.«

»Plastik haben wir nicht«, sagt sie.

Gut, kein Plastik. Und sage plastikmäßig: »Wir wollen schummrige Beleuchtung.«

Sie sagt, dass man das Licht dimmen kann, und fragt, wann es anfangen soll und wie lange es dauern wird.

»Achtzehn Uhr bis halb drei morgens ungefähr.« Hoffentlich erlaubt das Mama.

»Alkoholische Getränke können wir nur an Personen ab achtzehn servieren.« Sie schaut mich an. Gleich wird sie mich fragen, wie alt ich bin. Ich fühle mich verdammt komisch. Bislang hat sie es immer vermieden, mich anzusprechen. Dennis hat sie gesiezt. Als wir kamen, sagte sie zu ihm: »Ihr Vater hat bereits angerufen, wir wissen Bescheid.«

Dennis hat danach vorgeschlagen, dass wir noch zu Burger King gehen und was essen. Dort habe ich etwas getan, was ich auf keinen Fall tun wollte. Vielleicht, weil ich mich im Tennisclub so unsicher fühlte. Vielleicht aber auch, weil gar nichts gewesen ist, und ich echt nur 'n Joke machen wollte. Vielleicht wollte ich Dennis nur mal testen, kann auch sein. Ob er eifersüchtig ist oder so.

Ich habe ihm also von den Sommerferien auf Ibiza erzählt. Und auch von Cappy. Ich habe gesagt, dass zwischen Cappy und mir nichts mehr ist, und dass ich ihn Weihnachten nicht getroffen habe.

Und Dennis so: »Ist doch cool. Ich seh die Mädchen aus den Ferien auch nie wieder. Du weißt ja: They come and go into the bed of Dennis Angelo.«

Da hab ich voll geschluckt. Echt. Konnte gerade noch mit unterdrückter Wut sagen, dass Cappy und ich diese eine Party zusammen hatten und wir uns geküsst haben und dass ich ihm einen geblasen habe.

Oje, hinterher habe ich mich dafür gehasst. Warum habe ich ihm diese Scheißlüge erzählt? Keine Ahnung. Nix ich wissen. Ich jetzt nur wissen, es gibt eine blitzschnelle Schlange in mir, die schießt hervor und züngelt Worte aus, die ich höre, aber nicht wiedererkenne. (Springt sie auch in meine Handlungen, diese Schlange? Kann ich auch Dinge tun, die mir fremd sind und mich schockieren?)

Dennis hat nichts gesagt. Er hat nur so komisch geschaut. Ich wurde schon richtig ein bisschen nervös, da hat er gesagt: »Hast du deine Zahnspange vorher rausgenommen?«

Freitag, 30. Januar

Gestern Nacht konnte ich nicht gut schlafen. Ich glaube, ich hatte so grässliche Träume, weil ich vor dem Einschlafen daran dachte, dass ich heute Mama unbedingt wegen der Party fragen muss. In genau einer Woche ist es immerhin so weit. Ob ich mal bis drei ausgehen kann. Als ich aus der Schule kam, erwischte ich sie in der Küche, weil sie Frühdienst hatte. »Du Mama, als ich gestern mit Dennis gesprochen hab«, lüge ich, »du kennst doch noch Dennis, meinen Freund? Da haben wir über meinen Geburtstag geredet. Und da meinte er, dass er ein ganz tolles Geburtstagsgeschenk für mich hat.«

»So?«

»Er macht eine Party für mich.«

»Du meinst, ihr geht irgendwohin, und ihr macht 'ne Party?«

»Ja, so in etwa. Er organisiert mit mir eine Geburtstagsparty für mich. Im Club, weißt du.«

»Wer soll denn da kommen?«

»Alle. Alle Freunde halt.«

»Wer hat sich hier Spiegeleier gemacht?« Sie schrubbt die Pfanne mit Ajax.

»Weiß nicht. Manni, glaube ich. Was ist mit der Party?«

»Ja. Okay. Das ist ja alles ganz super. Find ich ganz toll. Müssen die Leute nicht bei uns rumhängen.«

Habe ich richtig gehört? Ich merke, wie meine Wangen vor Freude glühen. Schnell abschließen das Gespräch und weg zu Jeka. »Danke, Mama. Danke. Super.«

»Aber wer soll das finanzieren? So viel Geld haben wir doch gar nicht.«

»Seine Eltern zahlen das, er organisiert das für mich. Er hat es so lieb gesagt. Also wieso denn nicht?«

»Wenn seine Eltern das zahlen, dann komm ich mir vor wie arme Schlucker (sie meint ›wie ein armer Schlucker‹, aber sie denkt sich immer als Familie). Was werden die Leute im Krankenhaus sagen? Und überhaupt. Wie naiv bist du? Glaubst du nicht, dass Dennis dafür was von dir erwartet?«

»Mama, er will mir mit der Party einfach nur eine Freude machen. Mehr nicht. Und das ist 'ne tolle Idee. Ich versteh nicht, wo das Problem ist. Nur weil du keinen Spaß im Leben hast, willst du, dass ich auch keinen habe? Weil mir endlich mal ein Junge etwas bedeutet und er mir etwas Gutes tun möchte?«

Die Pfanne kriegt einen Stoß und scheppert in den Ausguss. »Mona, ich möchte nicht, dass du in so einem Ton mit mir redest. Ich find das nicht okay. Geh jetzt in dein Zimmer. Es wird keine Party stattfinden. Nicht hier, nicht im Club, nicht bei Dennis, nirgendwo.«

Ich geh in mein Zimmer, schmeiß mich aufs Bett und heule.

Samstag, 31. Januar

Am nächsten Tag erzähle ich Jeka die Katastrophe.

»Das lässt du dir gefallen?«, protestiert sie. »Du lässt dir doch sonst nichts gefallen. Also, was machst du jetzt? Gehst zu Dennis und sagst: Dennis, meine Mama hat's nicht erlaubt. Gehst an dem Abend eben früh zu Bett. Oder wie?«

Es hat angefangen zu nieseln. »Oder akzeptierst du's?«

»Natürlich nicht.«

»Was ist dein Plan?«

»Ich kann es ja so einfädeln, dass ich bei dir schlafe und dass ich Mama glauben lasse, dass wir bei dir mit May und Sofie in meinen Geburtstag reinfeiern. Die ruft bei euch sowieso nie an. Und dann geh ich mit dir auf die Party. Oh no! – Auf meine Party.«

»Ja, das ist 'ne Idee. Und wenn du deinen Stiefvater fragst, ob er dir helfen kann, deine Mutter zu überreden?«

»'n Entscheidungsrecht hat der letztendlich nicht. Nicht bei meiner Ma. Er müsste sie da schon mit ziemlich guten Argumenten rumkriegen.«

»Was müsstest du ihm anbieten, dass er sich bereit erklärt, deine Mutter zu bequatschen?«

»Keine Ahnung, aber ich denke, vielleicht sollte ich ihn erst mal fragen.«

»Du solltest dir vorher überlegen, was für ihn der Vorteil wäre. Oder hilft er dir einfach nur, weil er dich so gerne mag?«

»Ich weiß es wirklich nicht. Ich kann mir bei der Aktion keinen Vorteil ausdenken. Nicht für ihn. Mama hat gesagt, dass 'ne Party bei uns zu Hause sowieso nicht funktioniert.«

»Warum nicht? Warum will sie keine Party bei euch zu Hause?«

»Sie möchte nicht so viele Leute zu Hause haben.«

»Mag sie deine Freunde nicht?«

»Sie hat keinen Bock, die Pisse an der Klobrille sauber zu machen. Sie möchte auch nicht backen und nichts organisieren. Sie hat keine Lust auf viele Leute in der Wohnung und das Aufräumen danach. Vielleicht ist es auch einfach nur ihr kleines beschränktes Gehirn, das nichts mehr zulässt.«

»Gab's denn schon mal Situationen, dass du dir etwas von ganzem Herzen gewünscht hast und dein Stiefvater sich für dich eingesetzt hat?«

»Eine kleine Situation. Ich sollte das Bad putzen, wollte aber stattdessen mit 'ner Freundin weggehen, weil es mein letzter Abend mit ihr war. Ich erklärte es Manni, und er versprach, Mama zu beruhigen, falls sie einen Aufstand machen würde. Er würde ihr sagen, dass sie mir auch mal was gönnen sollte, weil ich sowieso immer gut mithelfe im Haushalt. Als ich nach Hause kam, war Mama nicht sauer und hat auch nichts gesagt.«

»Na bitte!«

Ich hatte mich entschieden, jede Möglichkeit auszunutzen, und so war ich abends recht nett zu Manni, brachte ihm sein Red Bull, erzählte ihm alles und bat ihn, es bei Mama wenigstens zu versuchen.

Als sie nach Hause kam, lauschte ich die ganze Zeit an meiner angelehnten Tür, ob Manni sein Versprechen hielt. Endlich hörte ich ihn reden, es wurde gleich lauter, und ich hielt mein Ohr so nah an die Tür wie ich konnte.

»Ich find das nicht in Ordnung. Ich seh das als eine Herabsetzung unserer Familie.«

»Die *schenken* doch Mona nur was. Und ich find's nicht okay, dass du ihr das nicht gönnst. Und wer sollte denn davon erfahren? Nur ihre Schulfreunde werden davon wissen und deren Eltern, mit denen du sowieso nichts zu tun hast.«

»Natürlich hab ich was mit der Schule zu tun.«

»Wann machen wir denn jemals etwas in der Schule?«

»Ich find's einfach nicht okay. Was, wenn die Leute im Krankenhaus das erfahren? Und was wird meine Familie dazu sagen?«

Meint er: »Die Familie muss es ja nicht erfahren. Nur wär es völlig Banane, wenn wir ihr es nicht erlauben, weil sie sich das wirklich wünscht und weil sie sonst niemals so eine Party haben könnte. Das weißt du auch.«

Als ich im Bett lag, fragte ich mich, wovor hat Mama Angst? Warum möchte sie mir diese Party verbieten? Ich glaub, der eigentliche Grund ist ihre Angst, sich bei Dennis' Eltern revanchieren zu müssen. Niemals wird sie genug Geld zusammenkratzen können, um ihnen ein Geschenk zu machen, das den gleichen Wert hat. Ich beschloss, ihr klar zu machen, dass die Familie sowieso genug Geld hat, und es gehe ihnen nur darum, ihrem Sohn einen Gefallen zu tun. Dennis möchte mir ein Geschenk machen.

Sonntag, 1. Februar

Juhuuu. Manni hat's geschafft. Mama erlaubt mir die Party. Ich bin das glücklichste Mädchen der Welt. Ich hab sofort Jeka angerufen und ihr von der tollen Nachricht erzählt. Ich wünschte, morgen wär schon Sonnabend.

Freitag, 6. Februar

Alles ist vorbereitet für die Party, und Mama hat auch erlaubt, dass ich erst um eins nach Hause komme. In der Schule wissen alle Bescheid. Meinen

Freunden habe ich heute extra noch mal gesagt, dass sie ja pünktlich kommen sollen. Ich werde an der Tür stehen und sie begrüßen. Ich habe ihnen gesagt, dass das Essen irgendwie Pizza oder Finger-Food oder so was ist. Mit Jeka hab ich ausgemacht, dass sie mir noch mal beim Schminken hilft. Sicher ist sicher.

Samstag, 7. Februar

Der Tag ist da! Zwar noch nicht mein richtiger Geburtstag, aber es ist der Tag, den ich mir so sehr gewünscht habe. Heute darf Justin mich nicht schräg ansprechen. Er darf auch nicht zu meiner Party kommen. Er würde alles nur kaputtmachen, irgendeine Scheiße fabrizieren. Er würde zu Dennis sagen, ob ihm ein Kuss von mir lieber ist oder von einer Feuerqualle. Oder ein Möwenschiss oder ein Krötenpiss. So ist Justin. Ich kenne ihn. Ein Möwenschiss will ich nicht sein. Nicht heute. Ich muss alles tun. Zum Beispiel meine Pickel, o Gott. Ein Blick in den Spiegel sagt mir gleich, ich habe zu dicke Backen. Ich hab schon mein Haar gewaschen, aber es hat immer noch diese Straßenköterart. Wo ist Jekas Stylingzauberkunst? Endlich kommt sie.

»Komm gleich ins Bad.«

Sie hat drei Tüten mit und ihren Make-up-Koffer.

Ich setze mich auf den Badewannenrand, während sie alles auspackt. Ich muss mich entspannen. Es fühlt sich angenehm an, wenn sie meine Haare bürstet und mir mit unglaublicher Ruhe sorgfältig Augen und Lippen schminkt.

Wir sind fast fertig, da klingelt das Telefon. Rosi.

»Du, ich hab keine Zeit, ich muss mich noch schminken.«

»Ach ja, für die Party. Ich hab nur kurz angerufen, um dir zu gratulieren.«

»Ich hab aber erst morgen Geburtstag.« Vielen Dank, Rosi. Ganz toll. Vorweg gratulieren bringt Unglück, sagt Omi immer.

»Was ich noch fragen wollte: Hast du eigentlich den pinken Rock noch? Könntest du ihn mir leihen?«

»Ist aber ein Kakaofleck drauf.« Jetzt habe ich wirklich keine Zeit für Rosis Garderobenprobleme.

»Das ist blöd, dann ruf ich jemand anders an.«

»Ja, tu das.«

»Du, ich wollte noch was sagen, ganz freundschaftlich. Ich hatte ja so 'ne Sache mit Dennis, ich will dir nur sagen, lass dich auf nichts mit ihm ein.«

O nein! Jetzt will sie ihre Dennis-Enttäuschung loswerden. Ich sollte auflegen und sehen, dass ich fertig werde. »Wieso denn?«, frage ich genervt

»Ich weiß es einfach. Okay? Sei nie mit ihm alleine.«

»Sag mal, spinnst du jetzt total, Rosi? Das ist mein Freund! Natürlich kann ich mit ihm alleine sein, wenn ich möchte. Das kannst du mir nicht verbieten!«

»Mona, ich mein's nur gut. Du kennst Dennis nicht. Er gibt nichts, ohne nicht etwas dafür zu kassieren.«

Das ist die ungünstigste Situation für Rosis Wohltaten. Wie kann man so dumm intrigieren? »Auf deine guten Ratschläge kann ich echt verzichten, Rosi. Ich bin total im Stress. Bis später.«

Echt abgenervt erzähle ich Jeka von meinem Telefonat. »Ich finde es unfair, dass alle denken, Dennis macht für mich die Party, weil er dafür was haben will. Erst kommt Omi damit an, dann Mama, Justin sowieso, und jetzt auch noch Rosi.«

»Die meisten können sich eben nicht vorstellen, dass man einfach Spaß daran hat, anderen eine Freude zu machen.«

Als ich auf die Uhr sehe, merke ich, dass wir eigentlich schon viel zu spät sind.

Ich sehe in den Spiegel. Ein fast perfektes Bild. Fast.

Jeka lächelt stolz strahlend. »Super.«

Ich nehme ihr den Pinsel aus der Hand und lege noch ein wenig Rouge nach. So.

Endlich auf der Straße, Jekas Blick auf die Uhr. »Vierzig Minuten zu spät.«

»Taxi!« Ich springe auf die Straße, um es zu stoppen.

»Hast du Geld? Ich nicht.«

»Ich auch nicht. Steig ein.«

Beim Club angekommen, bitte ich den Taxifahrer, kurz zu warten, und renne hinein. Da steht auch schon Dennis. Weißes Hemd, Fliege, dunkelblaues Jackett mit goldenen Knöpfen – mit Familienwappen. Soll ich ihm einen Knopf abreißen und das Taxi damit bezahlen?

»Hallo Schatz«, begrüße ich ihn.

Er zeigt mir das Wahnsinns-Büffet. Hummer, Austern, Kaviar, Muscheln, Champagner und noch tausend Sachen mehr. In der Mitte auf dem Tisch zwei Schwäne aus Eis, deren Hälse sich zu einem Herz formen.

»Ich bin sprachlos.«

»Nur das Beste vom Besten, for my little princess«, sagt Dennis. Ich gebe ihm einen Kuss auf den Mund, greife schnell nach einer Flasche Champagner und stürze an ihm vorbei nach draußen.

»Wäre das okay für Sie? Ich hab leider kein Bargeld, aber morgen Geburtstag.« Plus mein charmantestes Lächeln.

Der Taxifahrer nickt und lacht: »Na, fröhliches Feiern.«

Jeka, die beim Taxi gewartet hatte, boxt mir in die Seite: »Dir fällt doch immer was ein.« Gackernd gehen wir zu Dennis.

Ich freue mich irrsinnig. Meine erste richtige Party!

Um sechs trudeln die Ersten ein. Rosi in Extremklamotten.

»Hi, Rosi, warum hast du nicht deinen neuen Pulli an?«, frage ich.

»Auf den letzten Partys ist immer was draufgekommen. Ketchup oder irgendwas Ekliges.«

»Und daher trägst du jetzt nur das Bikinioberteil?«

»Sehr witzig«, bleckt sie die Zähne, geht weiter, aber begrüßt Dennis nicht. Sie ignoriert ihn total. Sofie, May und meine anderen Freundinnen fallen mir zur Begrüßung um den Hals. Auch die Jungs haben sich riesig Mühe mit ihrem Outfit gegeben. Wie sich das gehört, wenn man zu Hofe geladen wird, grinse ich in mich hinein.

Fast alle sind pünktlich, sodass die Party sofort starten kann. Es sind wirklich viele Leute. Überall brennen Teelichter und kleine Tischlämpchen. Gott sei Dank ist die Tanzfläche ziemlich groß. Mohammed macht die Musik, er ist der beste DJ an der Schule. Ich schnappe mir das Mikro. »Ich wollte euch sagen, dass ich mich tierisch freue«, beginne ich meine Rede. »Ihr seid alle gekommen und alle willkommen. Besonders freue ich mich, dass meine besten Freundinnen alle da sind.« Und dann erwähne ich Jeka und May und Sofie. »Ganz ehrlich freue ich mich auch, Rosi, dass du hier bist. Wir kennen uns schon seit der ersten Klasse!« Alle applaudieren. »Ich danke natürlich auch Dennis, der das alles organisiert hat. Es sieht wunderschön aus, die Dekoration, das Essen, die Schwäne. Ich bin wirklich überwältigt. Und nun lasst uns tanzen. Cherriohhh!« Alle brüllen unseren Schulruf mit.

»Das hast du gut gemacht, meine Süße. Ich bin stolz auf dich. Außerdem siehst du super aus heute. Also nicht nur heute«, sagt Dennis frech und nimmt mich in den Arm.

»Danke für die Blumen, *Süßer*. Wollen wir tanzen?«

Während wir Händchen haltend zu den anderen auf die Tanzfläche gehen, sehe ich Jeka in der Ecke stehen. Nicht weit davon entfernt, Gerry.

»Entschuldige. Bin gleich wieder da«, sage ich zu Dennis und gehe zu Gerry.

»Hast du gewusst, dass heute Rumsteh-Verbot ist?« Ich sehe seinen sehnsüchtigen Blick zu Jeka.

Wie oft hat sie mir erzählt, dass Gerry der Einzige an der Schule ist, den sie sich vorstellen könnte. Ich grinse ihn an. »Du musst mindestens einmal mit jemandem tanzen.«

»Echt?«

»Echt.«

Als hätte man ihn aus einer Totenstarre erlöst, rast er auf Jeka zu und bittet sie um einen Tanz, altmodisch mit Verbeugung. Ich zwinkere ihr zu. Während sie tanzen, schauen sie sich die ganze Zeit an. Ich freue mich für Jeka.

Ich gehe zu Dennis, der sich gerade mit Axel unterhält. »Ich hab dich schon vermisst. Lass dir ja nicht einfallen, noch mal abzuhauen.«

»Als Gastgeberin hat man so seine Verpflichtungen!« Wir lachen beide, und er legt seinen Arm um mich.

In der Ecke sehe ich Sofie, die sich gerade an Johnny ranmacht. Ich stupse Dennis an und zeige auf die beiden. Dennis zuckt grinsend die Schultern und lacht. Sofie, die sich sonst nur für ihre Klamotten interessiert, bekommt weiche Knie beim Anblick von Johnny? Herrlich. Vielleicht springt die Liebe von Dennis und mir auf andere über. Dennis zieht mich an sich und flüstert mir ins Ohr: »Ich bin superglücklich mit dir.« Bevor ich in seinen Augen *für immer* versinke, schaue ich schnell nach links und sehe May. Sie rennt, weil George hinter ihr her ist, der scheinbar immer noch nicht kapieren will, dass sie Schluss gemacht hat.

Ich strecke einen Arm aus und halte ihn fest. »George, mal ganz im Ernst.« Ich strahle ihn an.

Auch Dennis lächelt und klopft ihm auf die Schulter. George kullert groß mit den Augen, schneidet eine Grimasse à la Jim Carrey, zuckt mit den Achseln und tanzt mit Ellen. Unfassbar.

»Du verzauberst jeden in einen weißen Schwan«, grinst Dennis.

»Wir.«

Er zieht mich noch enger an sich, während er seine Hände auf meinen Po legt. Ich umarme ihn, und wir küssen uns. Erst zärtlich, dann immer leidenschaftlicher. Ich fahre ihm mit den Fingern durch sein dichtes Haar, umschlinge seinen Nacken und drücke mich an ihn. Mir gefällt, wie seine Hände langsam von meinem Po nach oben unter mein Shirt wandern. Alles kribbelt in mir.

»Mona«, sagt er heiser. Ich lege meine Hände an seine Ohren und sehe ihn an. Ich fühle mich zu ihm hingezogen, aber gleichzeitig spüre ich, dass er zu viel will. Dazu bin ich noch nicht bereit.

»Entschuldige. Ich würde nie etwas wollen, was du nicht auch willst«, sagt er.

Dankbar umarme ich ihn, und wir tanzen, ohne zu sprechen.

An der Bar knutschen Leona und Axel. Wie schön. Axel, der Verehrer der Naturmädchen, und dann Leona, der Pornorausch. Durchsichtige Bluse, das Haar in Regenbogensträhnen, glühende Hotpants, Stöckelschuhe, riesige Ohrringe.

Ich muss jetzt wirklich lachen. »Sachen gibt's, die gibt's gar nicht«, höre ich Omi in Gedanken sagen. Die Omi-Stimme, o Gott, nein. Die hat nichts hier zu suchen.

»Mir gefällt deine-meine Party«, sage ich, eng an Dennis geschmiegt.

»Mir auch. Aber am besten gefällt mir, dass die tollste Frau meine Freundin ist.«

»Stimmt. Für immer und ewig«, lache ich, während er mich wie beim Tangotanzen nach hinten fallen lässt.

Als ich zum ersten Mal auf Dennis' Uhr schaue, ist es kurz vor zwölf. »Uii, es ist gleich zwölf!«, freue ich mich, und Dennis beginnt laut von zehn rückwärts zu zählen. Alle meine Freunde zählen mit. Drei, zwei, eins ... Das Licht ist gedimmt, und herein rollt eine richtig fette coole Torte. Mehrstöckig. Obendrauf eine batteriebetriebene Discokugel aus Marzipan. Sie strahlt und funkelt. Alle singen »Happy Birthday«, und mir stehen Tränen in den Augen. Alle umarmen und küssen mich. Alles wirbelt herum. Dennis fragt mich, ob ich glücklich bin.

»Yes, Sir!«

Er strahlt über beide Ohren. »War gar nicht so einfach zu besorgen. Ich hab Himmel und Hölle in Bewegung gesetzt. Nur für dich.«

»Du bist mein Held!«, schreie ich, sodass es alle hören können, schneide die Torte an und lecke die Finger ab. Süß.

Dann nehme ich ihn, und wir tanzen. Dennis kaspert herum und tanzt absichtlich falsch. Ich muss lachen und zerstrubble ihm sein Haar. Sanft! Er küsst mit den weichsten Lippen ganz Berlins meinen Hals, meinen Mund. Er schmeckt noch besser als die Torte.

Als das Lied zu Ende ist, gehe ich zur Bar und hole

etwas zu trinken für ihn. Whisky-Cola – sein Lieblingsgetränk.

»Ich bin doch noch nicht achtzehn«, imitiert er die Dame vom Club.

»Du bist alles, und für dich ist alles.«

Dennis prostet mir zu und trinkt das Glas auf einen Zug aus.

Gerade läuft Limp Bizkit *Underneath The Gun* aus, und es kommt Sean Paul *Like Glue*, als Leona herbeihüpft und säuselt: »Mona, Mona, SOS, der böse Barmann, er hat gesagt, dass er mir keinen Alkohol ausschenkt. Aber ich liehieebe doch Sambuca so.«

Ich bitte Dennis, und er geht mit ihr zur Bar.

Als er wiederkommt, sagt er, sie hätten das Zeugs im Keller. »Sollen wir es schnell holen, Süße?«

Lachend springen wir die Kellertreppe herunter, er ist schneller, unten fängt er mich auf, wir drehen uns einmal, und schon stehen wir vor einer Tür. »Los, beeil dich, wir dürfen unsere Gäste nicht so lange alleine lassen«, treibe ich ihn an.

Er schließt auf und macht Licht. Ich gehe hinein. Er schiebt von innen einen Riegel vor. Ich lache, weil ich denke, er will mich mal wieder necken, als er sagt: »Jetzt musst du mir einen blasen.«

Es riecht nach kaltem Alkohol und saurem Wein, überall Flaschen in den Regalen. In der Mitte steht ein großer Tisch. Ganz leer, nur am Ende ein Karton.

Ich blicke Dennis an. Seine Augen sind kalt und dunkel. Ich sehe wieder zu dem Karton. Er ragt über die Kante. Er steht auf der Kippe, gleich wird er auf den Boden krachen.

Warum habe ich Dennis aus den Augen gelassen?

Er wirft mich auf die Tischplatte. Er steht zwischen meinen Beinen. Ich will hoch, aber er drückt mich herunter. Sein Gesicht will lächeln, aber hinter dem Lächeln lauert etwas anderes. Etwas Schweißiges. Es ekelt mich.

Ich fange an zu weinen. Ich will mich mit aller Kraft aufrichten, aber er hält mich fest. Sein Gesicht ist nass, verschwitzt und versteinert. Er küsst mich, doch es ist nicht wie die Küsse vorher. Eher habe ich das Gefühl, dass er mich mit der Küsserei nur ablenken will, damit seine Hand unbehindert an meinen Beinen hochrutschen kann. Er versucht meinen Slip zu zerreißen. Ich habe Angst. »Du hast gesagt, du willst nichts, was ich nicht auch will. Ich will das nicht, Dennis. Lass mich. Du tust mir weh!«

»Scheiß drauf, was ich gesagt habe«, schreit er und reißt an der Hose. »Wenn du so einem blöden Spanier einen blasen kannst, kannst du auch mit mir ficken, du dumme Kuh.«

»Das war gelogen«, schreie ich. »Ich hab ihm keinen geblasen, Dennis. Ich wollte dich nur eifersüchtig machen.«

»Du hast mich lange genug hingehalten.«

Ich wehre mich, doch er ist stärker. Er versucht mich wieder zu küssen. Ich beiße ihm in die Lippen, so fest ich kann. Damit hat er nicht gerechnet. Er holt aus und schlägt mir ins Gesicht. Rot vor Wut stößt er mir vor die Brust. Ich schmecke Blut an meinen Lippen. Seins oder meins? Ich will nur, dass er mich loslässt, mich gehen lässt. Er hört mich nicht. Er öffnet seine Hose. Er packt meinen Hals und krallt die andere Hand in mein Haar. Er zieht mich zu sich. »Los!« Ich kriege Panik. Es würgt mich. Er zieht mich an den Haaren. Ich schreie, so laut ich kann, und schlage ihm mit voller Wucht mit der Faust ins Gesicht. Er taumelt und stolpert. Ich höre, wie von draußen Leute gegen die Tür donnern. Ich nutze den Moment und springe zur Tür, reiße den Riegel zurück und renne die Treppen hinauf.

Zu Hause schlafen schon alle, und ich sitze an meinem Schreibtisch und versuche, alles von der Party aufzuschreiben. Die Erinnerung tut weh. Mein Körper auch.

Als ich mit Axel nach Hause ging, hatte ich immer diesen Vorfall im Keller vor Augen. Axel wollte die Kellertür schon eintreten, sagte er, aber plötzlich wurde sie geöffnet, ich lief hinaus, und da stand Dennis, Nase blutig. Axel lief hinter mir her. Die Party war zwar noch in vollem Gang, es war halb zwei. Ich hatte kein Geld, um ein Taxi zu nehmen. Axel sagte, er bringe mich nach Hause. Erst konnte er nicht fassen, was passiert war. Dann war er sehr empört. »Du bist eine meiner besten Freundinnen. Ich finde das total schockierend.«

Jetzt sehe ich mich noch, wie ich zu den Ästen hinaufschaute, auf denen Schnee lag. Der Wind rüttelte Ast um Ast. In dicken Flocken fiel der Schnee herunter. Axel fragte mich, wie ich mich fühle, aber ich weiß nicht, wie ich mich fühle.

Ich war ihm dankbar, dass er mich nach Hause brachte. Mein Gefühl war vor allem, dass ich Beistand brauchte. Ich war verwirrt und fror.

Der Weg nach Hause schien immer länger zu werden. Aber irgendwann erreichten wir die Busstation. Axel hielt mich fest, denn ich hatte Schüttelfrost. Endlich kam der Nachtbus.

Axel bemerkte einen Kratzer an meinem Hals. Vom Kiefer bis zur Mitte der Kehle. Es war keine tiefe Wunde, es war nur ein Kratzer.

Ich befühlte die Stelle, zuckte zusammen, es tat weh. Dennis hatte mich dort gepackt. Was soll ich meinen Eltern sagen, erschrak ich mich. Ich kann doch nicht den ganzen Tag mit einem Schal herumlaufen.

»Was hast du?«

»Ich habe meinen roten Kaschmirschal vergessen. O nein, das auch noch. Ich will nicht wieder zurück.«

»Ist doch kein Problem«, sagte Axel. »Ich geh sowieso wieder hin. Ich kann den Schal abholen. Ich bring ihn am Montag in die Schule mit.«

»Das ist lieb von dir. Danke. O Mann, du bist so nett. Ohne dich wäre ich verloren.«

Auf einmal spüre ich wieder einen großen Hass gegen Dennis. So ein Arschloch.

Ich lege mich ins Bett und versuche, alles wegzuschieben. Ich stelle mir das Sams vor. Wie meistens, wenn ich total am Ende bin. Ich bin total müde. »Happy Birthday«, sage ich leise zu mir selbst und schlafe ein.

Sonntag, 8. Februar

Als ich aufwachte, hatte ich null Bock aufzustehen. Ich war müde und schlapp. Und traurig. Aber, das Schlimmste: Alle erwarteten ein glückliches Geburtstagskind. Was sollte ich sagen, wenn sie mich fragen, wie meine Party war? Etwa: Die Party war toll, alle haben sich amüsiert, wir haben getanzt, und um Mitternacht kam eine Riesentorte, und alle haben »Happy Birthday« gesungen, bevor Dennis versucht hat, mich zu vergewaltigen. Mama würde Manni anschreien, dass sie sich von ihm nicht hätte bequatschen lassen sollen, er würde sich verteidigen, dass Dennis es ja nur *versucht* hat und ja gar nix passiert ist, Omi würde erkennen, dass Dennis »ein Wolf im Schafspelz« ist, Opi würde mich zehnmal fragen, worüber sich alle aufregen, Mannis Eltern würden im Chor feststellen, dass das nicht richtig war, was Dennis getan hat, Papa würde sagen, 'n Fehler, dass ich ihn nicht vorher gefragt habe, Justin würde vielleicht Dennis vermöbeln wollen, und ich würde anfangen zu heulen. Schon schlimm genug, was mich am Montag in der Schule erwartet.

Als ich in die Küche kam, war schon diese ganze Geburtstagskindatmosphäre vorbereitet. Mama hatte sich den Tag extra freigenommen. Alle waren da. »Mona, die ist jetzt, wow, vierzehn« und »super« und so. Eigentlich war mir das ja ziemlich egal. Mama hat mir die Geschenke sehr komisch überreicht. Sie hat sie auf einen Zettel geschrieben. Im April neue Hose. Lockenwickler, nachträglich vom Nikolaus, kriegst du aber heute. Ich so: Ja, cool, super. Mir auch egal.

Justin hat mir einen Jahresabonnement-Gutschein für die *Sportbild* geschenkt. Blöder Idiot. Von Omi und Opi bekam ich eine Hose. Ich hatte zwar schon eine von Mama bekommen, aber ich brauch zwei Hosen. »Guck mal, was wir dir Schönes zum Geburtstag schenken!«

»Soll ich mal raten?«

»Das rätst du nicht.«

»Ich versuch's halt. 'n Palm, 'n Hand-held-Acer, inklusive Navigationssoftware, 400-Mhz-Intel-Prozessor, 64 Megabyte Arbeitsspeicher und Farbmonitor.«

»Nein«, sagen sie. Und dann noch: »Im Gegenteil.« Da frage ich mich, was ist das Gegenteil vom Hand-held-Acer? 'ne Arsch-held-Hose? Gut! Damit sind sie bei zweiundvierzig Euro. Applaus. Grandios. Normalerweise bin ich total aus dem Häuschen, wenn mein Geburtstag ist. Diesmal ist es 'ne Beerdigung.

Schon irgendwie komisch. Ich bin vierzehn geworden, aber ich habe immer noch das Gefühl, dass ich dreizehn bin. Obwohl es nur ein Tag ist, der das dreizehnte und das vierzehnte Lebensjahr unterscheidet, ist es ein großer Schritt. Mein Lehrer hat gesagt, mit vierzehn ist man straffähig. Vorher kann man lügen, stehlen oder jemand umbringen – man hat keine Schuld. Total keine Schuld. Du bist ein Dieb oder Killer und völlig unschuldig.

Und plötzlich habe ich Angst davor, diesem neuen Jahr in die Arme zu rutschen. Mir graut schon jetzt davor, morgen wieder in die Schule zu gehen. Alle haben es mitbekommen.

Jetzt bin ich vierzehn. Jetzt ist es passiert. Jetzt ist alles vorbei. Jetzt fängt alles an.

Mama hat überall in der Küche Kerzen aufgestellt. Manchmal ist eine heruntergebrannt. Dann stehe ich auf, und alle müssen rücken, damit ich an die Kerze herankomme und eine neue aufstellen kann. Dabei stütze ich mich auf ihre Schultern, sie nehmen meine Hände, Omi tätschelt meinen Rücken, und Justin brüllt auf und lügt, ich hätte ihm auf den Fuß getreten. Opi fängt an »Hoch soll sie leben«, und alle singen mit. In der Mitte sitzt Papa, weißhaarig und groß, und singt am lautesten.

Ich denke, dass er einen sehr starken Charakter hat. Das fällt mir jedes Mal auf, auch wenn er schwach ist. Sein Da-Sein hinterlässt einen tiefen Eindruck. Ich stelle mir manchmal einen riesigen weißen Raum vor, und dann stell ich Papa da hinein, und diese Leere ist plötzlich gefüllt mit verschiedenen Gefühlen und mit sehr viel Kraft. Er ist so ein großer und mächtiger Mensch. Und manchmal sehe ich ihn doch so klein. Wenn er traurig ist, kann er das Kleinsein in seiner großen Kraft sehr gut zeigen. Oder anders: Er sieht dann sehr klein aus in der großen Trauer. Man kann es durch seine Augen sehen. Ich sehe es aber auch an seiner Haltung. Wie er sitzt. Er erzählt, was er erlebt hat. Ich sitze da und nehme alles mit einem Lächeln auf. Allein, dass sie alle da sind, macht mich stärker. Jetzt müsste noch Tante Alexa hier sein.

Als Papa geht, frage ich ihn, ob wir uns morgen nochmal treffen können. Am Abend. Er wundert sich und will wissen, was los ist. »Morgen Abend«, sage ich. Ich habe schreckliche Angst, dass ich den Tag morgen nicht überstehe. Ich brauche ihn zur Sicherheit. »Gibt's was Besonderes?« Er wundert sich, ich seh's ihm an, aber ich will nichts sagen. »Ich habe noch ein Essen beim Italiener gut.« Er kann sich nicht erinnern, und Justin protestiert laut. Wenn, dann hätte er ein Essen gut. Aber ich bleibe dabei. Ich setze mich durch. Ich habe gesiegt. Das ist gut, ich fühle mich besser.

Montag, 9. Februar

Auf dem Weg zur Schule denke ich wieder an Papa und daran, dass ich mich am liebsten vergraben würde. Vor der Schule treffe ich Axel. Er gibt mir meinen Kaschmirschal. Danke. Ich drücke mich vorm Reingehen und warte auf den Gong. Vielleicht kann ich so erst mal den Fragen meiner Freundinnen entgehen.

In der kurzen Zwischenpause ist es dann so weit. Ich begrüße Jeka, Steffi, Jolie und Sofie. Und dann kommt Rosi mit ihrem Zicken-Täschchen angewackelt, und zwitschert: »Monalein, jetzt darf ich dir aber doch gratulieren, oder? Ich hatte ja auf deiner Party keine Gelegenheit dazu. Du warst so plötzlich weg.«

Jeka und die anderen ziehen mich beiseite. Sofie flüstert mir gut gemeint zu: »Eine schreckliche Sache mit Dennis. Aber das darfst du dir nicht gefallen lassen. Wenn du magst, geb ich dir die Nummer von dem Anwalt meiner Eltern. Das ist der Beste.« Nein danke, Sofie, lass mal, ist schon gut. Ich bin froh, dass der Gong ertönt. Als Nächstes kommen Englisch und Französisch.

Ich bin meinen Freundinnen dankbar, dass sie mich nicht mit Fragen bombardieren. In der großen Pause hole ich dann mein Essen, das ich im Schließfach deponiert habe. Gurken, Mandarinen, allerlei Gemüse. Die anderen haben Geld und kaufen ihren Pausensnack in der Cafeteria. Ich brauche mein Taschengeld für andere Sachen. Zum Beispiel vierzig Euro Strafgebühr für Schwarzfahren. Mama hat die vierzig Euro bezahlt, und jetzt muss ich sie vom Taschengeld abstottern.

Die Mädchen stehen an, während ich einen Tisch suche. Ich nehme Platz, öffne meine Dose mit dem Gemüse und sehe – o Gott!

Er steht im Kreis seiner Gang. Axel ist nicht dabei.

Er hat mich auch gesehen. Ich blicke rasch weg. Auf einmal kommt er auf mich zu und setzt sich mir gegenüber. »Hör mal, was da auf der Party passiert ist, das wollte ich nicht. Ich meine, ich hatte einfach zu viel getrunken, verstehst du?«

»Ja, ja, lass gut sein. Lass mich einfach in Ruhe.« Er kotzt mich an. So ein Arschloch!

»Och Mona, jetzt sei nicht so. Du weißt ganz genau, dass ich nicht so bin.«

Ich weiß nicht, was ich sagen soll.

»Wie kann ich das wieder geradebiegen?«, versucht er es noch einmal.

»So eine krumme Sache kann man gar nicht geradebiegen.« Ich stehe auf.

Er packt mich am Arm. Ich drehe mich um und schaue ihm in die Augen.

All seine Freunde starren uns an. Er lässt mich los. Ich gehe zu meinen Freundinnen, die an der Essensausgabe anstehen.

Jemand berührt meine Schulter, ich drehe mich um. Es ist Axel. »Was ist denn los?«

»Nichts.«

Rosi steht ein paar Meter vor mir. Während ich meinen Becher Milch aufs Tablett stelle, denke ich über sie nach. Hätte sie mir offen ihre Erlebnisse mit Dennis geschildert, mal präzise, dann hätte ich's ihr geglaubt, und ich wäre nicht mit ihm in den Keller gegangen.

Plötzlich kommt Dennis wieder an und sagt zu Rosi: »Eh, Rosi, bring mir 'ne große Pommes mit.«

Dass er jetzt hier den Dicken raushängen lässt, ist zu viel für mich. Ich drehe mich um und sage: »Hol dir deine fettigen Pommes selber.«

»Ich spreche zu Rosi und nicht zu dir. Was glaubst du eigentlich, wer du bist? Der Mittelpunkt der Welt?«

Jetzt knallt bei mir die Sicherung durch. Ich grinse ihn an, aber mein Gesicht kommt mir vor wie in Zitronenscheiben geschnitten, ich sage, küss mich, Süßer, mache einen flinken Schritt auf ihn zu und stoße ihm meine rechte Faust in die Magengrube, wie Papa es mir gezeigt hat. Da er im Moment keine Luft kriegt, dampfe ich ab.

Nach der Pause kram ich in meinem Schließfach rum, und da stehen zwei Jungs aus der Neunten, Chrissie, den ich nicht eingeladen hatte, und Paolo aus Dennis' Clique. Worüber reden die? Natürlich über meine Geburtstagsparty. Sie haben mich nicht gesehen, und ich stecke den Kopf fast ins Schließfach.

Chrissie wollte wissen, wie es war, und Paolo etwa so:

»Super Location. Riesige Tanzfläche. Total geile Anlage mit allem Drum und Dran. Richtig voll. Siebzig People. Wir haben die Bude erst mal klargemacht. Ist ja logisch.«

»Was habt ihr aufgerufen?« Chrissie in ganz dickem Ton.

»Wir kommen rein und setzen uns erst mal hin. Dann tanzen wir und machen uns jeder ein Mädchen klar.«

Und Chrissie: »Das heißt, zum Tanzen und auf 'n Schoß?«

Und Paolo: »Schoß oder mehr.«

»Dennis auch?«, fragt Chrissie, und ich merke, wie es mich durchzuckt.

»Logo. Ganz verschärft. Der hat die richtig zum Aufjaulen gebracht.« (O ja, Paolo, der Volldepp!)

Und Chrissie wieder: »Hat er die mit nach Hause genommen?«

»Nope. Gleich da im Keller klargemacht.«

»Habt ihr euch gut unterhalten?«

»Wir haben uns nicht unterhalten, wie immer, wir stürzen erst mal mit den Bräuten ab.«

Ich verdrehe die Augen. Hab die Tür von meinem Fach einfach offen gelassen und bin weg in die Klasse.

Zu Hause schmeiße ich meine Schulsachen in die Ecke und gehe an meinen Computer. Ich habe eine Mail bekommen.

Die schönen Dinge des Lebens:
Sich verlieben
So viel lachen, dass das Gesicht wehtut
Eine heiße Dusche
Keine großen Schlangen beim Supermarkt
Ein süßer Typ guckt einen an
Eine Mail bekommen
Auto fahren auf einer sehr schönen Straße
Das Lieblingslied
Im Bett liegen und den Regen von draußen hören
Heiße Handtücher aus dem Trockner
Ein richtig schöner Pulli ist im Preis runtergesetzt.
Danke, lieber Freund.

16:00 Uhr

Ich bin immer noch durcheinander wegen Dennis. Ich sehe sein blödes Gesicht in der Cafeteria vor mir. Ob er mich jetzt in Ruhe lassen wird? Und alle anderen auch?

Am Abend holt mich Papa von zu Hause ab, und wir gehen los. Die letzten Tage hat es geschneit. Ein weißer Abend in der schwarzen Nacht mit dem silbernen Mond. Von den Bäumen rieseln beim kleinsten Windhauch Schneeflocken.

Auf dem Weg ins Restaurant erzähle ich ihm, wie wundervoll ich den Schnee finde und wie glücklich er mich macht. Er hört einfach nur so zu und nickt. Ich sehe ihn an, und mir fällt auf, dass ich all seine

Gestik und Mimik kenne. Ich denke, viel interessanter wäre es, in ihn hineinzuschauen. Ich glaube, er verschließt vieles in sich. Es gibt Menschen, die nichts zu sagen haben, die keine Ausstrahlung haben, nicht mal ihr Körper sagt etwas über sie aus, doch bei ihm ist es genau umgekehrt. Er ist sehr eindrucksvoll.

Meine Mutter sieht neben Papa schwach aus. Doch heute nicht: Sie wirkte stark. Es war komisch und zugleich wundervoll, die beiden in Harmonie zu sehen. Ich hätte nicht gedacht, dass das noch mal passiert. Es war ein angenehmes Gefühl. Manchmal wünsche ich mir sogar, dass Manni weg wäre und Papa hier.

Der Italiener liegt gegenüber der Bahnstation. Durch die Scheiben sieht man schon von weitem den Kerzenschein. Der Kellner begrüßt uns und zeigt mit großen Armbewegungen, wo überall wir uns hinsetzen können. Wir hängen unsere Mäntel weg und setzen uns an einen Platz am Fenster, wo man gut rausschauen kann. Ich will diese schöne Nacht im Schnee nicht verpassen. Der Kellner bringt uns zwei riesige Bücher als Speisekarten. Ich blättere sie durch, aber ich habe nur Lust auf Pizza.

Papa nimmt einen Salat vorweg und später Nudeln. Dann bringt uns der Kellner etwas zum Probieren. Über diese Geste habe ich mich sehr gefreut. Ich bedanke mich, und der Kellner bedankt sich für den Dank. Draußen der weiße glitzernde Schnee, und drinnen mein lächelnder Papa hinter der rubinroten Weinkaraffe. Er unterhält mich. Ich mag es, ihm zuzuhören. Er hat eine tiefe, klare Stimme, und was auch immer er sagt, verstehe ich. Ich genieße alles. Es hat keinen anderen Grund, als dass ich einfach glücklich bin.

Glücklich ist so: Alles kann dunkel um mich herum sein, in mir aber leuchtet eine gelbe Flamme. Mit anderen Worten: Man liebt sich selbst. Das ist mein Gefühl an diesem Abend.

Papa bringt mich nach dem Essen nach Hause. Auf dem Rückweg sprechen wir nicht. Weil so viel stiller Schnee liegt.

Vor der Haustür umarmen wir uns. Er kommt nicht mehr mit hoch. Es ist ein ziemlich langer Abschied. Ich bin traurig, dass er schon gehen muss. Doch ich war den ganzen Abend über glücklich. Das war also mein wahrer Geburtstag.

Unser Abend mit der gelben Flamme.

Mittwoch, 11. Februar

Als ich wieder in der S-Bahn stehe, denke ich an die schönen Dinge des Lebens, die mir mein unbekannter Freund mailte.

Du siehst einen anderen Menschen, einen Jungen. Du hast eine neue Erfahrung gemacht. Du hast plötzlich Lust, Käse zu essen, dabei mochtest du Käse nie. Du bist einen Zentimeter gewachsen, das hast du gerade herausgefunden. Ganz kleine Dinge, die einen fröhlich machen. Sie sind vielleicht nicht lebenswichtig. Aber es ist einfach schön. Plötzlich muss ich lachen, und es geht mir einfach gut.

Dienstag, 15. Juni

Das Schuljahr ist zu Ende. Habe ich etwas vergessen?

Ach ja, Axel. Wir haben viel gelacht. Nicht, dass ich etwas mit ihm hatte. Aber immer wieder meinten Freunde zu mir, Axel, der steht auf dich. Erst als Jeka dasselbe sagte, zog ich es in Erwägung. Davor war er für mich nur ein Kumpel. Jetzt ist er alles. Natürlich wusste ich immer, dass er eigentlich gut aussieht. Aber ich kannte ihn nicht richtig gut. Jetzt sind wir befreundet.

Mit Leona hat er Schluss gemacht. Endgültig. Kein Küssen und kein Rumgefummel mehr. Er sieht sie nicht einmal mehr, wenn sie mit ihrem durchsichtigen T-Shirt und ihrem viel zu knappen Rock über den Schulhof stolziert.

Und May ist George endlich losgeworden. Er hat es aufgegeben. Sie fühlt sich frei, sagt sie, und schickt jetzt jeden Tag drei SMS an die Flirtcommunity. *Chatte jetzt mit coolen jungen Leuten. Coole junge Leute, die sind total wie du. Einfach eine SMS an die 83333, und schon geht's los.*

Jeka und Gerry sind total glücklich miteinander und wollen eine Pilgerreise nach Jerusalem machen.

Bei Sofie und Johnny gibt's nie Probleme (sind sie wirklich zusammen?). Sofie ist Cheerleader für Johnnys Basketballteam geworden, und Johnny wurde zum besten Spieler des Jahres gewählt.

Rosi ist mit ihren Eltern und ihren Louis-Vuitton-Handtaschen nach Mailand gezogen.

Als ich gestern aus der Schule kam, stand Dennis mit seiner Gang auf dem Vorplatz. Alle glotzten wie die Geier, und dann rief Dennis mir hinterher: »Is okay, wenn man's erst mit achtzehn macht.«

Ich setzte meine Kopfhörer auf, drückte auf *Play*, und Beyoncé sang mir direkt ins Herz.

Me Myself and I, that's all I got in the end. That's what I found out, and it ain't no need to cry. I took a vow that from now on I'm gonna be my own best friend.

Ich möchte meiner Agentin Andrea Etz danken für ihre Stärke im Geschäft.

Meike Genz hat mich stets unterstützt und für eine wundervolle Ordnung gesorgt.

Meine Lektorin Daniela Schlingmann hat dem Buch einen tollen letzten Glanz gegeben. Jolle Radtke hat mir ein Handy und viele gute Tipps geschenkt. Ich danke auch meinem Bruder Julian für die manchmal nervige Inspiration. Meiner Mutter Uta danke ich dafür, dass sie mir jeden Tag den Rücken stärkt. Zu guter Letzt danke ich meinem Vater, der mir durch sein hoppliges Leben die Chance gegeben hat, das zu tun, was ich möchte: Schreiben.

Danke an alle!
J. D.

Pink Hanamori
Story Michiko Yokote
Mermaid Melody
ichi Pichi Pitch
3
Pink Hanamori
Michiko Yokote
Mermaid Melody
Pichi Pichi Pitch
HEYNE
2
Pink Hanamori
Michiko Yokote
Mermaid Melody
Pichi Pichi Pitch
1
Mermaid Melody
ichi Pichi Pitch
sofort im Buch- und Fachhandel erhältlich!